Arena-Taschenbuch
Band 51218

In dieser Reihe sind erschienen:
Wild und wunderbar (1) Zwei Freundinnen gegen den Rest der Welt
Wild und wunderbar (2) Gegensätze halten zusammen (oder?)
Wild und wunderbar (3) Freundinnen sind die besseren Schwestern

Weitere Bücher von Ilona Einwohlt im Arena Verlag:
Erdbeersommer
Erdbeersommer – Unterm Sternenhimmel
Erdbeersommer – Galopp in die Freiheit
Schmetterlingsflügel für dich – Das Coachingbuch für starke und selbstbewusste Mädchen

Ilona Einwohlt wollte eigentlich Ernährungswissenschaftlerin werden. Aber dann las sie mitten in einer Chemievorlesung »Das andere Geschlecht« von Simone de Beauvoir – und widmete sich fortan der Literatur, insbesondere der für Mädchen und Frauen. Längst ist aus der Germanistikstudentin eine erfolgreiche Autorin geworden, die genau die Sprache der Mädchen trifft und Themen behandelt, die sie wirklich interessieren. Ilona Einwohlt, Jahrgang 1968, lebt mit ihrer Familie in Darmstadt.
Mehr unter www.ilonaeinwohlt.de

Ilona Einwohlt

Wild und Wunderbar

Gegensätze halten zusammen (oder?)

Arena

Arena

Ein Verlag in der *westermann* GRUPPE

www.blauer-engel.de/uz195
- ressourcenschonend und umweltfreundlich hergestellt
- emissionsarm gedruckt
- überwiegend aus Altpapier

MI6

Dieses Druckprodukt ist mit dem Blauen Engel ausgezeichnet

FSC www.fsc.org
MIX
Papier aus verantwortungsvollen Quellen
FSC® C110508

1. Auflage im Arena-Taschenbuch 2021

Rottendorfer Straße 16, 97074 Würzburg

Coverillustration und Vignetten: Inka Vigh
Umschlagtypografie: Sibylle Bader
Gesamtherstellung: Westermann Druck Zwickau GmbH
ISSN 0518-4002
ISBN 978-3-401-51218-1

Besuche den Arena Verlag im Netz:
www.arena-verlag.de

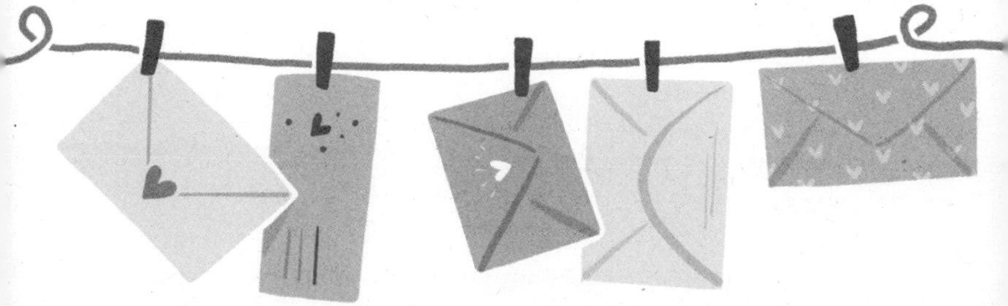

Shark und ich verliebten uns an dem Nachmittag, als wir splitterfasernackt über eine Pferdeweide liefen. Ich meine, nicht wirklich in uns, sondern jeweils in jemand anderes. Wir hatten gemeinsam mit den anderen auf der Klassenfahrt den Tag am Fluss verbracht und irgendein Idiot hatte uns die Klamotten geklaut, während wir schwimmen waren. Also blieb uns nichts anderes übrig, als im nahe gelegenen Unterstand nach Decken oder Ähnlichem zu suchen, damit wir nicht wie nackte Evas herumlaufen mussten.

Die anderen aus unserer Klasse waren natürlich längst verschwunden, keine Spur mehr von

Rucksäcken, Turnschuhen und Frisbeescheiben, von unseren Sachen ganz zu schweigen. Unsere Lehrer hätten später einiges zu erklären, wenn sie den Verlust zweier Schülerinnen zugeben mussten. Wie konnten sie uns nur einfach zurücklassen?
Es war ein sonniger Frühlingstag irgendwann im Mai und außerordentlich warm, locker über zwanzig Grad. Wir waren nach dem Frühstück losgelaufen und etliche Kilometer gewandert, bevor wir am Flussufer unser Lager aufgeschlagen hatten. Shark war die ganze Zeit über ungewöhnlich still gewesen. Sie träumte vor sich hin, war kaum ansprechbar und als wir Holz für das Lagerfeuer sammeln sollten, blieb sie einfach auf der Bank sitzen. Erst als ich ihr vorschlug, gemeinsam schwimmen zu gehen, blinzelten mich ihre Augen unternehmungslustig an. Sie wusste genau, dass die Lehrer es verboten hatten – zu kalt, zu gefährlich, zu viel Strömung – und dass wir kein Badezeug dabeihatten. Weil wir uns aber den Spaß nicht verderben lassen wollten, kletterten wir einige Hundert Meter weiter das Flussbett entlang, weiter und weiter, bis uns keiner mehr sehen konnte. Und vermissen. Die Kiesel kullerten unter unseren Füßen und die Felsen, über die wir klettern mussten, fühlten sich sonnenwarm an, als ich mich für einen Moment abstützen musste.

Eine schmale Hängebrücke führte über die Schlucht auf die andere Seite, dorthin, wo man geschützt und sicher baden konnte. Shark und ich wechselten einen kurzen Blick. Ihr war diese Kletterei nicht geheuer, das spürte ich genau, auch wenn sie sich große Mühe gab, ihre Unsicherheit vor mir zu verbergen. Aber wenn wir gleich Spaß haben wollten, mussten wir es tun.
»Geh du voran«, wisperte sie mir zu und nur weil wir uns so gut kannten, hörte ich das Zittern in ihrer Stimme.
»Sicher?«, fragte ich zurück.
»Sicher.«
Also wagte ich den ersten Schritt über die Bretter. Unter uns rauschte das Wasser, gurgelte die Strömung durch die Felsen. Die Brücke schwankte unter meinem Gewicht und erst recht, als Shark ihren Fuß daraufsetzte. Für einen Moment sackte mir mein Magen in die Kniekehle, aber nur kurz, dann hatte ich mein Gleichgewicht wieder gefunden und setzte meinen Weg fort. Es war müßig, sich am Geländer festzuhalten, ein schmales Seil, das für nichts garantierte. Also versuchte ich es freihändig wie einst auf dem Schwebebalken und hätte Shark hinter mir nicht laut geschnauft und noch doller gewackelt, wäre alles gut gegangen. So hatte ich meine liebe Mühe, nicht abzustürzen, balancierte mal auf dem linken, mal auf dem rechten Bein und sah von Weitem sicherlich aus

wie jener berühmte Storch im Salat. Weil ich so mit mir beschäftigt war, hatte ich überhaupt keine Zeit, mich um meine Freundin, die sich hinter mir über die Brücke quälte, zu kümmern. Unter Garantie gab sie auch kein besseres Bild ab als ich. Nach einer gefühlten Ewigkeit kamen wir auf der anderen Seite an und, ohne lange nachzudenken, zogen wir uns unsere Klamotten vom Leib, Shark war immer noch ein bisschen blass um die Nase. Als wir aber kurz darauf durch das eiskalte Wasser tobten und uns gegenseitig nass spritzten, war alles vergessen.

Erst als lautes Klappern an meine Ohren drang, tauchte ich auf. Es waren Sharks Zähne, die unter ihren blauen Lippen ständig aufeinanderschlugen, die Härchen auf ihren Unterarmen ragten senkrecht in die Höhe.

»Okay, okay, wir gehen schon!«, rief ich lachend und wollte sie noch mal untertauchen, aber sie entzog sich geschickt meinen Händen und kletterte ans Ufer.

»Hey, unsere Klamotten sind weg!«, rief sie und schüttelte sich dabei wie ein Hund. Wir waren nackt, nackter, am nacktesten.

»Das kann nicht sein!« Suchend liefen wir eine Weile umher, guckten hinter jeden Stein, aber von unseren Sachen fehlte jeder Zipfel. Fluchend liefen wir zurück, brachten die Hängebrücke unter diesen Umständen sogar im Laufschritt hinter

uns. Mittlerweile hatte sich der Himmel zugezogen und ich fror erbärmlich, jetzt waren es meine Zähne, die klapperten. Vorsichtig schlichen wir an unseren Lagerplatz heran, aber von der Gruppe war niemand mehr zu sehen, das Feuer hatten sie sorgsam ausgelöscht. Keine Klamotten, keine Wärme, kein Mensch nirgends. War das Glück oder Unglück?

Da fiel unser Blick auf die benachbarte Weide, an deren Ende sich ein Unterstand befand. Bestimmt gab es dort wenigstens eine Plane oder mit viel Glück einen alten Kittel.

»Komm«, rief ich und fasste Shark an der Hand. Mit der anderen öffnete ich das Gatter, neugierig beäugt von acht Pferdeaugen. Sechzehn Pferdebeine setzten sich prompt in Bewegung.

»Müssen wir?« Ich spürte, wie sich Shark hinter mir verstecken wollte. So mutig sie sein konnte und es mit jedem aufnahm, der nicht bei drei auf dem Baum war: Pferde waren ihr nicht geheuer. Hängebrücken und Nacktschnecken auch nicht.

»Denk an was Schönes, lenk dich ab«, rief ich ihr zu, während ich zielstrebig Richtung Unterstand lief, Shark im Schlepptau. »Am besten gleich an etwas, was dich wärmt. Von innen.«

»Da fällt mir nur einer ein«, meinte sie und jetzt klang ihre Stimme ganz weich.

»Mir auch«, musste ich zugeben. Ich drehte mich zu ihr um und erwischte einen verklärten Blick

aus ihren Augen, der mir durch und durch ging. In diesem Augenblick spürte ich ein weiches Pferdemaul auf meiner Schulter, warmen Atem, der mir in den Nacken blies. Ich bekam eine Gänsehaut.

Shark hieß in Wirklichkeit Sophie Hyazinth Amanda Ricarda Kornelius. Und eigentlich ging es in unserer Freundschaft nie um Pferde, sondern immer nur um Fische. Warum, erzähle ich dir in dieser Geschichte.

1

So leise wie jetzt war es sonst nie in unserem Klassenraum. Normalerweise knisterte immer irgendwer mit einem Papier, ruckelte unruhig auf dem Stuhl oder schabte mit den Turnschuhen über das Linoleum. Aber heute hörte man noch nicht mal eine Fliege gegen die Fensterscheibe surren, so still war es.

Nicht, weil wir etwa von unserem Englischlehrer Herrn Egbert Nüsslein-Büchsenschütz eingeschüchtert gewesen wären.

Auch nicht, weil wir ein Schweigegelübde zum Gedenktag der Heiligen Lehrerinnen von Denkenstein abgelegt hatten.

Die Antwort war einfach: Wir arbeiteten deshalb so konzentriert, weil wir die beste Vergleichsarbeit der Schule schreiben und die Belohnung dafür kassieren wollten: ein Tag schulfrei, den wir frei wählen konnten. Auch wenn wir keinen Plan von nichts hatten, wir gaben alles. Schulfrei, wenn die anderen trotz Sommerhitze in der Ganztagsschule brüten würden, war unsere einzige Motivation, um uns durch *Passive Voice, Reported Speech* und *If-Clauses* zu schreiben.

Wir saßen also hoch konzentriert mitten in der Englischarbeit, hatten nicht die Spur einer Ahnung von irgendwas, als die Tür aufflog und ein dunkelhaariger Junge unseren Klassenraum betrat.

»Hello?«

Augenblicklich richteten sich sämtliche Augenpaare auf ihn. Es war ungewöhnlich, dass jemand einfach so hereinplatzte, ohne anzuklopfen. Noch ungewöhnlicher war sein Aufzug. Genauer gesagt: ungewöhnlich für unsere Schule. Nicht für Hochglanzprospekte, in denen ein Sunnyboy wie dieser seinen Auftritt hatte. Er war locker zwei Jahre älter als wir und sah einfach umwerfend aus. Das bemerkte selbst ich, die in Sachen Jungs im Gegensatz zu den anderen noch ganz schön hintendran war. Sofort bekam ich Herzklopfen.

»Yes, please?« Herr Nüsslein-Büchsenschütz guckte ihn erwartungsvoll an. Wir anderen guckten schnell auf das Blatt unseres Sitznachbarn, es ging um *Reflexive Pronouns,* die keiner von uns verstanden hatte. *I can wash my clothes myself ...*

»Noch ein Neuer!« Mein Banknachbar Jonas stupste mich so dolle in die Seite, dass mein Stift einen unschönen Schlenker in meinem Heft hinterließ.

»Wieso *noch?!«,* wisperte ich zurück und nutzte die Gelegenheit, weiter bei ihm abzuschreiben, weil unser Englischlehrer jetzt aufstand, um den Jungen zu begrüßen, der unschlüssig im Türrahmen stehen geblieben war. Jonas war der schleimigste Klassenstreber und trotzdem der Einzige in der Klasse, der normal mit mir redete.

»Shark ist doch auch neu!« Jonas legte ganz zufällig seine Hand so auf den Tisch, dass ich nichts mehr lesen konnte. Das war typisch Schleimstreber-Jonas! Kein Wunder, dass mit ihm niemand befreundet sein wollte. Okay, mit mir auch nicht. Aber das hatte andere Gründe.

»Shark ist ein Mädchen, also *eine* Neue«, gab ich zurück.

»Sicher?« Jonas guckte mich süffisant lächelnd an und in diesem Moment konnte ich ihn wieder einmal nicht leiden. Wieso dachte er denn, dass Shark ein Junge war?!

Shark war seit genau vier Monaten und drei Tagen meine beste Freundin. Das stärkste Mädchen, das ich je getroffen habe. Und das geheimnisvollste noch dazu. Immer wieder nämlich tauchte sie ab wie Fische im Meer, verschwand für ein paar Tage oder gar Wochen von der Bildfläche, um dann, irgendwann, wieder auf den Händen herumzulaufen, als wäre nichts geschehen. Als wäre sie mit ihrer Wuschelmähne und den verrückten Leggings nicht auffallend genug.

Als hätte Shark Winterschlaf gemacht, waren von ihr seit unserem Weihnachtskonzert weder ihre karierte Strähne noch ihre klobigen Boots zu sehen gewesen. Niemand wusste, wo sie steckte und ich vermisste sie sehr. Da sie in der Wohnung unter uns alleine lebte und sich außer der Dame vom Jugendamt niemand für Shark interessierte, war ihre Abwesenheit auch keinem aufgefallen. Ich hatte mir schreckliche Sorgen um sie gemacht. Mein kleiner Bruder Oskar war es, der mich immer wieder beruhigte.

»Shark ist stark«, sagte er ein ums andere Mal, wenn ich mir mal wieder in den düstersten Farben ausmalte, was einem Mädchen in unserem Alter alles so passieren konnte, wenn es mutterseelenalleine unterwegs war. Diese sorgenvolle Art hatte ich leider von meiner Mutter geerbt. Die war zwar als Mathe- und Physiklehrerin äußerst tough unterwegs, konnte aber sehr kümmerig sein. Das wiederum lag an Oskar, der durch eine schwere Krankheit kleinwüchsig geworden war und regelmäßig von Gelenkschmerzen heimgesucht wurde. Weil Papa nicht mehr lebte, kümmerte sich Mama um uns alleine. Wir hatten auch keine Omas oder Opas oder sonstige Tanten und Verwandten, die uns hätten unterstützen können.

Gestern hatte sich Shark bei mir nach einer quälend langen Zeit wieder gemeldet. Wie, als wäre nichts gewesen, war sie wieder da, ging in die Schule, lebte in Tildas Wohnung, inklusive ihres Sammelsuriums verrückter Sachen von Hängematte bis Insektenlutscher – und Pepper, ihrer sprechenden Elster.

Ich kam nicht dazu, Jonas meine Meinung zu sagen, denn in diesem Moment rief Vanessa drei Reihen hinter uns ganz aufgeregt:

»Er kann sich neben Shark setzen, da ist ja noch ein Platz frei.«

»Nein!« Das kam von Shark. Laut. Deutlich. Klar.

Ruckartig drehte ich mich zu meiner Freundin um. Shark war ganz blass um die Nase und ihr Brustkorb bebte vor lauter Aufregung.

»Nein«, wiederholte sie, diesmal etwas leiser, aber nicht minder entschlossen. Ich runzelte die Stirn.

»Das ist auch keine besonders gute Idee von dir!«, meinte unser Englischlehrer an Vanessa gerichtet. »Dann säßen ja die beiden Neuen nebeneinander ... das macht keinen Sinn.«

»Es *hat* keinen Sinn«, murmelte Jonas, bevor er triumphierend hinzufügte: »Siehste, *zwei* Neue, sag ich doch.«

Ich rollte die Augen und blickte fragend Richtung Shark, die wie versteinert auf ihrem Platz saß. Was hatte sie nur gegen dieses, äh, nun ja: *Male-Model?* Stillschweigend nahm sie zur Kenntnis, dass Egbert Nüsslein-Büchsenschütz mitten in der – unserer! wichtigen! – Englischarbeit begann, sämtliche Schüler umzusetzen, als ob er nur darauf gewartet hätte. Er machte und tat, schob und tauschte Paul neben Jonas und Pia neben Paul und Vanessa neben Suzu und mich neben Shark, *Hurra!,* dann wieder Paul neben Suzu und den Neuen neben Jonas, *Yeah!, den war ich los,* und mich dann neben Suzu und Shark neben Pia und so ging es eine Weile hin und her, bis ich schließlich neben Paul saß und Shark neben Jonas und der Neue neben Suzu. Bingo! (Das war das neue Yay!) Unser Lehrer strahlte zufrieden mit roten Wangen vor lauter Organisiererei und wir hatten schlechte Laune, weil unsere Gelegenheit futsch war, einen Tag schulfrei zu bekommen. Der Neue sagte unterdessen nicht einen Pieps, sondern schaute nur gelangweilt aus dem Fenster. Nur einmal schielte er zwischendurch zu Shark, die wiederum wie versteinert auf ihrem Stuhl sitzen geblieben war.

The Chaos

Dearest creature in creation,
Study English pronunciation.
I will teach you in my verse
Sounds like corpse, corps, horse, and worse.
I will keep you, Suzy, busy,
Make your head with heat grow dizzy.
Tear in eye, your dress will tear.
So shall I! Oh hear my prayer.

Just compare heart, beard, and heard,
Dies and diet, lord and word,
Sword and sward, retain and Britain.
(Mind the latter, how it's written.)
Now I surely will not plague you
With such words as plaque and ague.
But be careful how you speak:
Say break and steak, but bleak and streak;
Cloven, oven, how and low,
Script, receipt, show, poem, and toe.

(...)

By G. Nolst Trenite

»Wieso bekommen wir eigentlich ständig neue Mitschüler, mitten im Schuljahr?«, fragte mich Jonas kurz darauf in der Pause, einen Hirse-Protein-Riegel in der Hand. Aus lauter Gewohnheit lungerten wir gemeinsam hinten an der Tischtennisplatte herum. Bevor Shark meine Freundin wurde, hatten Jonas und ich eine Art Zweckgemeinschaft gebildet, weil wir beide immer übrig geblieben waren, wenn es um Gruppenarbeiten oder Sportmannschaften ging.

Ich war Lehrerinnenkind, ausgerechnet von Frau Grüner, der strengsten Lehrerin der ganzen Schule. Weil Mama oft schlechte Laune hatte, wurde sie wahlweise auch Frau Sauertopf, Dracona oder Giftspritze genannt und die anderen ließen mich für ihre schlechte Laune büßen. Vor Weihnachten hatten mich Marie, Özge und Katharina aus der Parallelklasse bei jeder sich bietenden Gelegenheit deswegen wochenlang drangsaliert. Aber ich hatte es geschafft, mich gegen die drei ganz alleine zur Wehr zu setzen, und mittlerweile ließen sie mich in Ruhe. Genauer gesagt hatte Marie die Schule freiwillig verlassen. Weil sie nicht nur mich fies gemobbt hatte, stand sie kurz vor einem Schulverweis und war dem zuvorgekommen, nachdem sie mehrfach Einträge und schlechte Noten kassiert hatte. Katharina war hängen geblieben und hatte sich in ihrer neuen Klasse neue Freundinnen gesucht. Wenn sie nicht gerade Nachhilfe hatte, hatte sie Hausarrest oder musste lernen. Denn ihre Eltern hatten Wind – ich ahnte von wem! – von ihrem erpresserischen Verhalten bekommen und als angesehene Rechtsanwälte der Stadt einen Ruf zu verlieren. Deshalb hatten sie jetzt entsprechende Maßnahmen ergriffen. Katharina tat mir aber nur ein bisschen leid deswegen.

So war Özge übrig geblieben. Eigentlich war sie total nett und eher schüchtern. Das wusste ich, weil sie bei uns unten im Haus lebte und wir zu Grundschulzeiten miteinander befreundet gewesen waren. Seit einigen Wochen suchte sie immer wieder meine Nähe, sprach mich an und lächelte mir zu, aber zwischen uns war es noch lange nicht wieder so wie früher.

Zu meinem unfassbaren Glück war Mama seit Neustem verliebt und wie ausgewechselt. Deswegen gab sie zwar ihren Schülerinnen und Schülern keine besseren Noten, aber sie wirkte nicht mehr wie ein Giftpfeilfrosch, wenn sie vor ihnen stand.

Trotzdem konnte man nicht sagen, dass ich inzwischen sonderlich beliebter in der Klasse geworden war, aber ich hatte ja Shark – und die machte mich stark. Wenn sie denn da war. »Ich fühl mich nicht so«, hatte sie vorhin gesagt und sah auch wirklich so aus, »aber wir sehen uns später, okay?« Und hatte sich vom Nüsslein-Büchsenschütz nach Hause schicken lassen.

Mit gemischten Gefühlen beobachtete ich, wie sich die Mädchen aus meiner Klasse jetzt auf dem Pausenhof um den Neuen herumscharten. Ach, was: drängelten. Er hieß Phil, so viel hatte ich nebenbei aufgeschnappt, und wirkte unglaublich cool und souverän. Über seinem durchtrainierten Oberkörper spannte das Shirt, seine dunklen Haare hatte er leicht zurückgegelt und alles an ihm wirkte gepflegt und gestylt.

»Bestimmt ’ne Schwuchtel«, meinte Jonas und kaute auf seinem Hirseriegel herum.

»Und wenn?« Ich schüttelte den Kopf und traute meinen Augen kaum. Phil trug ein *Rebel-Leaves*-Shirt, das war eine meiner Lieblingsbands, ich hatte Mama neulich auch eins abgetrotzt. Ich bekam Schnappatmung. Wie cool war das denn! Diese Band kannte kaum einer außer Shark und mir. Und jetzt lief der Neue mit so einem Shirt herum.

War ja klar, dass Jonas so eine Bemerkung machen musste. Das war typisch! Voll mit Vorurteilen bis unter seine fettigen Haare. Sein Vater war ein bekannter Forscher im Max-Planck-Institut und hatte ein Auge auf Mama geworfen. Doch zum Glück fand sie ihn so langweilig wie Brokkoli, auch wenn er an so etwas Spektakulärem wie einem Gravitationswellensimulator arbeitete. Manchmal war auf meine Mutter eben doch Verlass.

Pia, Vanessa, Leonie und Michelle bestürmten Phil mit tausend Fragen: Woher er jetzt mitten im Schuljahr kam? Wo er wohnte? Wie seine Nummer war? Ob er Basketball spielte? Welche Musik er hörte? Oh Mann, hatten die denn sein cooles Shirt überhaupt nicht bemerkt?

Zu meiner Genugtuung bemerkte ich, wie Phil ihnen nur gelangweilt antwortete und sich nicht einen Funken von Vanessas Klimperwimpern beeindrucken ließ, nur ab und zu strich er sich durch seine Haare oder checkte sein Handy. Er wirkte auf besondere Weise abwesend, wie nicht von dieser Welt. Erst als ein paar Oberstufenschülerinnen an ihm vorbeiliefen, hob er interessiert den Kopf und schaute ihren Minirock-Beinen nach.

Na, super, dachte ich. Von wegen schwul. So ein Mädchenheld hatte uns in unserer Klasse gerade noch gefehlt! Ab sofort würden sich Pia, Vanessa, Leonie und Michelle in Schale schmeißen, bis die Lippenstifte glühten. Nachdenklich schaute ich ihn an und wusste noch nicht so recht, ob ich ihn mochte oder nicht. Auf alle Fälle sorgte seine Anwesenheit dafür, dass *ich* darüber nachdachte, dass ich Jungs eigentlich ganz süß fand ...

Zu Hause im Möbiusweg blieb ich vor Sharks Wohnungstür stehen, unschlüssig, ob ich bei ihr jetzt klingeln sollte oder nicht. Da war sie endlich wieder aufgetaucht – und sofort wieder verschwunden. Bauchweh, dass ich nicht lachte! Shark war pumperlgesund, ihr fehlte nie etwas. Außer vielleicht ein Schräubchen im Oberstübchen, wie sich Oskar ausgedrückt hätte, weil er sie hoffnungslos verrückt fand. Aber insgeheim war er ihr größter Fan.

Ich legte mein Ohr an die Tür und horchte, aber es war nichts zu hören. Keine Musik, kein *picpicpac* von Pepper, kein Geklapper von irgendwas. Wo steckte sie bloß?

»Das junge Fräulein ist in ein Taxi gestiegen und weggefahren«, hörte ich da eine Stimme hinter mir sagen. Überrascht drehte ich mich um. Es war Oma Hilde, unsere Obendrüber-Nachbarin, für die ich regelmäßig Einkäufe erledigte. Vor Weihnachten hatte ich damit angefangen, um Geld für eine Konzertkarte zu verdienen, die ich meiner Mutter schenken wollte.

»Taxi?« Mir sackte das Herz in die Hose und mit einem Schlag wurde mir speiübel.

»Ja! Und sie hatte einen dicken Beutel dabei und schien es eilig zu haben.« Oma Hilde machte eine wichtige Miene und schnaufte neben mir die Treppe hoch. Sie hatte einige Überkilos, was vor allem an den hunderttausend Cognackirschen lag, die sie schachtelweise verputzte.

»Na dann …« Langsam drehte ich den Schlüssel in unserer Wohnungstür. Mein Magen drehte sich auch. Ich schaffte es gerade noch rechtzeitig ins Bad.

Ich will dir ganz nah sein, eng verbunden, dich spüren und berühren, Haut an Haut, Herz an Herz, Auge an Auge. Doch je näher du mir bist, desto freier will ich sein.

2

Abends ging es mir dann zum Glück wieder besser, was auch an einer Nachricht von Shark liegen konnte. *Muss noch dringend etwas erledigen, bin morgen wieder da!*, hatte sie geschrieben. Da war ich dann doch beruhigt gewesen, auch wenn mein Magen immer noch rebellierte. Ich mochte mir ein Leben ohne Shark nicht vorstellen!

Dass sie sich bei mir meldete, war erstens neu und zweitens ein gutes Zeichen, versuchte ich, mich zu trösten. Dabei machte mich ihr ständiges Ab- und Auftauchen ganz schön kirre. Ob ich es wollte oder nicht. Manchmal ging es mir echt mies damit, weil ich nicht wusste, ob ich ihr vertrauen konnte oder nicht. Und dann wieder machte mich der Gedanke an sie ganz dolle froh, denn ich hatte mir ja immer eine Freundin wie Shark gewünscht.

Ich wusste ja eigentlich fast gar nichts über sie! Shark war im letzten Sommer bei uns ins Haus eingezogen, als Tilda ausgezogen war, um ihren Gitarristenfreund auf einer romantischen Insel zu heiraten. Und ob man es glaubte oder nicht: Shark, meine superungewöhnliche, genial-verrückte, wild und wunderbare Freundin, schwärmte seitdem pausenlos von rosaroten Kitschmomenten. Einerseits hatte sie selbst eine ganze Wand voller Liebes-DVDs, andererseits hatte sie dafür gesorgt, dass meine Mutter ein Rendezvous mit unserem Nachbarn Ole Breitmoser hatte. Denn laut ihrer Theorie war meine Mutter nur einfach deswegen so schlecht gelaunt und unbeliebt in der Schule, weil sie unglücklich war und ihr der richtige Mann im Leben fehlte. Seit Papas Tod hatte sie sich nur noch um Oskar und mich gekümmert und nicht an sich gedacht.

Ehrlicherweise glaubte ich nicht so ganz an diese Romantiktheorie, auch wenn Mama sonntags abends immer zu roten Augen gerührt ihre Rosamunde-Pilcher-Filme schaute und sich tatsächlich mit Ole Breitmoser traf. Es war nämlich eher so, dass meine Mutter deswegen so schlecht gelaunt und einsam war, weil ihr ihre beste Freundin fehlte, das hatte ich im letzten Jahr durch einen Zufall herausgefunden.

Geraldine Harper und sie waren damals während ihres Studiums ziemlich dicke gewesen, bevor sich die beiden ordentlich verkracht hatten, warum genau, weiß ich bis heute nicht. Geraldine hatte mit ihren Chansons Karriere gemacht, war nachts durch Clubs getingelt und eine berühmte Sängerin geworden, während Mama heiratete und Kinder bekam. Und als Lehrerin keine Zeit mehr für wilde Partys hatte. Nach dem Tod von Papa hatte sie dann niemanden mehr. Nur den kranken Oskar und mich und ganz viel Kummer und Sorgen. Kein Wunder also, dass sie dauernd schlechte Laune und an unserer Schule eine Karriere als unbeliebteste Lehrerin des Universums hingelegt hatte. Die Schülerinnen und Schüler hatten ihr (Wen wundert's?) die unglaublichsten Spitznamen verpasst: Miss Malfoy, Frau Giftgrün, Zitonella, um nur einige zu nennen. Und weil sie ständig schlechte Noten vergab, war ich als Lehrerinnenkind entsprechend unbeliebt bei allen. Vor allem Marie, Özge und Katharina machten mir das Leben zur Hölle: Coladusche, Matschklumpen im Kragen oder Handy im Klo, sie hatten wirklich die allergemeinsten Einfälle auf Lager gehabt.

Wunderbarerweise aber passierte dann eine Reihe von Ereignissen, die mein Leben und damit auch Mamas nachhaltig veränderten: Animiert von Shark, die die wildesten Einfälle hatte, hatte ich es gewagt und mich selbst gegen die MÖKs gewehrt.

Manchmal mochte ich selbst nicht glauben, dass *ich* es gewesen war, die Katharinas Geburtstagssüßigkeiten an die Flüchtlingskinder im Heim verschenkt hatte.

Dass *ich* es gewesen war, die Özge das Shrimps-Spray als Deo-Ersatz verpasst hatte.

Dass *ich* es gewesen war, die zwei Eimer Nacktschnecken in Maries Spind verteilt hatte.

Dass *ich* sie mir auf diese Weise tatsächlich vom Hals geschafft hatte.

Wochenlang hatten sie mich mit allen möglichen Gemeinheiten drangsaliert. Jeder Anti-Mobbing-Coach hätte seine helle Freude an meinem dramatischen Fall gehabt und mir tausendmal empfohlen, einen »Erwachsenen meines Vertrauens« zu Hilfe zu holen. Aber ich wollte als Lehrerinnenkind die Sache nicht noch schlimmer machen, als sie sowieso schon war. Und es alleine schaffen. Weil ich dann kapiert hatte, dass Mama genauso eine Freundin fehlte wie mir, hatte ich sie mit einer Konzertkarte für Geraldine überrascht. Mama war völlig aus dem Häuschen gewesen ... die beiden Freundinnen hatten sich versöhnt. Und seitdem chattete sie bei jeder Gelegenheit mit Geraldine.

Zur Beruhigung kochte ich mir jetzt einen peruanischen Magentee und guckte Fernsehen. Mama hatte Elternabend und würde erst spät nach Hause kommen. Und Oskar brütete noch über seinen Hausaufgaben. Wobei ich mir nicht sicher war, um wessen und welche Art Hausaufgaben es sich tatsächlich handelte. Oskar besserte nämlich sein Taschengeld als Ghostwriter auf, egal, ob es sich um Liebesbriefe oder Referate handelte.

Ich zappte mich gelangweilt durch die Sender, weil es nur todlangweilige Folgen von verliebten Krankenschwestern und abenteuerlustigen Bergrettern zu gucken gab. Wieso hatten wir kein Netflix wie jeder andere normale Haushalt auch? Dann könnte ich jetzt eine Serie nach der nächsten schauen. Aber Mama war strikt dagegen und legte mir jedes Mal demonstrativ ein Buch auf den Tisch, wenn ich sie darauf ansprach. Sie war so ziemlich gegen alles, was modern war. Als ob für sie die Zeit in den analogen 80ern stehen geblieben war ...

Okay, seit ich ein Mediencamp zum Thema »Soziale Medien« besucht hatte, hatte ich WhatsApp wegen der AGBs auch von meinem Smartphone verbannt. Was mich natürlich in meiner Klasse erst recht zur nerdigen Außenseiterin machte. Kein Klassenchat, keine Klassengemeinschaft. So einfach war das. Allerdings hatte sich spätestens seit dem neuen Halbjahr eine Kleinigkeit geändert: Ich hatte es nach langer Diskussion mit meiner Mutter endlich geschafft, Miniröcke und coole Shirts tragen zu dürfen. Zwar erntete ich täglich von ihr entweder einen Stirnrunzler oder einen Kommentar, aber ich fühlte mich seitdem viel selbstbewusster. Komischerweise. Denn eigentlich predigen dir ja alle, dass wahre Schönheit von innen kommt, es um die inneren Werte geht *and so on.* Hatte Mama bei mir ja auch jahrelang getan. Aber für mich war es so, als ob durch das Tragen der hippen Klamotten endlich *sichtbar* wurde, was ich alles auf dem Kasten hatte. Nicht, dass ich mich gerne auf meine äußeren Werte reduzieren ließe ... Ich wollte nur, dass die Kongruenzsätze stimmten. Sie besagten nämlich, dass alle drei Seiten zweier Dreiecke übereinstimmen mussten, damit sie deckungsgleich sind. Und als Mathelehrerinnenkind konnte mir ja auch nur daran gelegen sein, dass die Gleichung aufging, nämlich dass innen und außen zueinander passten. Was in meinem Fall bedeutete: Ich musste auch nach außen zeigen, was alles in mir steckte und nicht nur toll aussehen oder umgekehrt. Und seit ich Shark kannte, gelang mir das jedes Mal besser.

Stell dich neben dich und was siehst du?
Du bist schön, mein Kind, so wunderschön, ich wünschte, du würdest dich mit meinen Augen sehen. Dann würdest du sehen, wie du strahlst und lächelst, merken, wie sich alle nach dir umdrehen, hören, dass alle an deinen Lippen hängen, spüren, dass du von allen geliebt wirst.

Schnell schaltete ich bei GNTM weiter, so weit war es mit meinem Modebewusstsein ja nun auch wieder nicht, als dass ich wissen wollte, was auf den Laufstegen der Welt angesagt war. Und als besserer Kleiderbügel wollte ich auch nicht enden. Eigentlich konnten einem die Mädchen leidtun, wie sie um Heidis Gunst buhlten. Ihre Körper präsentierten. Sich nach ihrem Lächeln, ihren Bewegungen und ihrem Ausdruck beurteilen ließen. Sofort kamen mir Pia und Vanessa in den Sinn, wie sie mit ihren Push-ups und geschminkten Gesichtern über den Schulhof flanierten. Und wie sie heute Morgen wie verliebte Falter um Phil herumgeschwirrt waren, um ihn mit vorgestreckter Brust zu beeindrucken.

Ich machte die Glotze aus und legte die Fernbedienung weg. Phil war anders als die Jungen in meiner Klasse, er wirkte reifer und älter, so, als wüsste er ganz genau, was er wollte. Fast schon ein Mann. Und nicht so ein nerdiger Milchbubi wie Jonas oder Möchtegernmacho wie

Paul. Gerade, als ich im Schränkchen nach einem Betthupferl für meinen lädierten Magen in Form von Schokolade oder Gummibären stöbern wollte, klingelte es an der Tür. Wie ertappt schreckte ich auf. Normalerweise klingelte nie einer bei uns, weil wir selten Besuch bekamen. Oskar hatte keine Freunde, was weniger an seiner Kleinwüchsigkeit lag, sondern mehr an seinen vielen Physio- und Arztterminen. Vorsichtig lugte ich durch den Spion. Zu meiner Überraschung war es Özge.

»Was willst du?«, fragte ich nicht gerade einladend, als ich ihr die Tür öffnete. Doch ein Blick in ihre verweinten Augen ließ mich sofort freundlicher werden. »Was ist passiert?«

Schnell schob ich sie in die Küche auf einen Stuhl, schenkte ihr ein Glas Wasser ein und legte ein Stück Schoko dazu.

»Es sind immer wieder die gleichen doofen Sprüche«, brach es aus ihr heraus. »Langsam kann ich es nicht mehr hören!«

»Was?«, hakte ich nach, denn ich kapierte kein Wort.

»Ausländer raus und so was. Hast du das nicht mitbekommen? Seit einiger Zeit pinselt irgendein Idiot immer wieder unsere Hauswand voll, der Pistorius kommt ja mit dem Überstreichen überhaupt nicht mehr nach.« Sie seufzte und trank mit einem Zug das Glas leer, das Schokiteil schob sie von sich.

»Ach, mach dir nichts draus«, meinte ich leichthin und winkte ab. »Das hat doch nichts zu bedeuten.«

»Nichts zu bedeuten? Genau das hat meine Mutter gerade auch gesagt. Wir sollten nichts darauf geben. Die tut immer so, als seien wir hier bestens integriert und alles heile Welt. Aber in Wirklichkeit sind und bleiben wir Türken!« Özge richtete sich empört auf und trotzdem klang sie auch ein bisschen stolz.

»Jetzt komm mal runter. In der Schule sagt kein Mensch was zu dir von wegen Türkin und so. Schließlich bist du nicht die Einzige mit *Migrationshintergrund* ...«

»Nee, da will nur keiner mehr etwas mit mir zu tun haben.« Özge verschränkte die Arme vor ihrer Brust und starrte vor sich hin.

»Das hat aber andere Gründe!«

»Hä?« Özge guckte mich überrascht an. Ihre dunklen, glatten Haare fielen ihr wie eine Gardine vors Gesicht, ich konnte ihr kaum in die Augen schauen.

»Na, denk doch mal nach: Meinst du, die anderen können so schnell vergessen, was ihr in den letzten Wochen alles angestellt habt? Da ist es doch schnurzpiepsegal, wo du herkommst! Gemein ist gemein, ob Türke, Chinese, Italiener oder Pole. Oder Pakistani, Inder, Amerikaner ...« Ich verzog meinen Mund. Tat sie jetzt nur so oder litt sie an einer plötzlichen Amnesie? Wie konnte sie all die Bosheiten vergessen haben? Die MÖKs hatten ja nicht nur mir Streiche gespielt. Nach Maries Abgang waren noch mindestens drei extrem fiese Fälle bekannt geworden, in denen Schülerinnen und Schüler aus jüngeren Jahrgangsstufen von den dreien drangsaliert wurden. Kein Wunder, dass niemand mehr etwas mit Özge zu tun haben wollte.

»Pausenbrot geklaut? Füller weggenommen? Blaue Flecken gestoßen?«, half ich ihr auf die Sprünge und als sie weiterhin vor sich hin starrte, fügte ich hinzu: »Cola im Nacken, Handy im Klo ... das war echt obergemein von euch.«

»Das waren alles Maries Ideen!« Özge atmete tief durch und richtete sich auf. »Du siehst doch, seit sie nicht mehr da ist, ist alles friedlich. Und übrigens, ich fands toll, wie du beim Weihnachtskonzert gesungen hast!«

»Aber du hast damals mitgemacht.« So schnell ließ ich sie aus dieser Nummer nicht raus. Wer hatte denn immer am härtesten zugelangt? Mit Unbehagen erinnerte ich mich an all die gemeinen Begegnungen mit Schienbeintritten und Kniffen am Oberarm. Und die stammten nicht von Marie oder Katharina!

Ich bemerkte, wie Özge jetzt trotzig die Unterlippe vorschob. Eine Geste, die sie damals schon in der Grundschule gemacht hatte, wenn sie mit etwas nicht einverstanden war. Aus Oskars Zimmer nebenan drang unpassenderweise lautes Kichern, wahrscheinlich skypte er mit einem seiner unzähligen Klienten und freute sich über einen neuen Auftrag. Oskar war unglaublich schlau, sein Hirn eine 1000-Terrabyte-Speicherplatte und er konnte blitzschnell jede Information abrufen und zu Papier bringen. Insgeheim war ich ganz schön stolz auf meinen kleinen Bruder, weil er sich trotz seines Handicaps nicht unterkriegen ließ.

Plötzlich ging mir Özges Mitleidstour auf den Wecker. Was machte sie hier plötzlich auf arme, gedisste Türkin?

Sie hatte überhaupt keinen Grund dazu. Ihre Familie war offen und liberal, noch nicht einmal ihre Oma trug ein Kopftuch und sie konnte tun und lassen, was sie wollte. Okay, das mit den ausländerfeindlichen Sprüchen tat mir leid und war nicht zu entschuldigen. Aber wenn es weiter nichts war, warum regte sie sich dann so auf?

Wie sehr ich mich in diesem Gedanken täuschte, merkte ich leider erst, als es beinahe zu spät war.

TOLERANZ SOLLTE EIGENTLICH NUR EINE
VORÜBERGEHENDE GESINNUNG SEIN:
SIE MUSS ZUR ANERKENNUNG FÜHREN.
DULDEN HEIẞT BELEIDIGEN.

(JOHANN WOLFGANG VON GOETHE)

3

Mama kam am späten Abend gut gelaunt vom Elternabend zurück. Das merkte ich an der Art, wie sie schwungvoll die Tür hinter sich zuschnappen ließ und ihre Schuhe in die Ecke kickte. Das war ungewöhnlich. Normalerweise schlich sie nach so einer Veranstaltung tagelang mit verkniffenem Mund durch die Gegend, weil sich die Eltern von Jens Thorben stundenlang über dessen angeblich zu unrecht gegebene Eins minus aufregten oder die Mutter von Jennifer nicht einsehen wollte, dass ihre Tochter besser Nachhilfe in Physik und Mathe bekommen sollte, wollte sie auf dem gymnasialen Zweig weitermachen und versetzt werden.

Weil ich nicht schlafen konnte, hatte ich im Wohnzimmer unter der Kuscheldecke und mit einer Graphic Novel unter der Nase auf sie gewartet und war hochgeschreckt, als sich der Schlüssel im Schloss drehte. Ich hörte, wie sie sich in der Küche einen Tee zubereitete, dann kam sie zu mir.

»Du bist ja noch wach?«, fragte sie und setzte sich neben mich. »Oh, wie mich diese Elternabende nerven ...« Sie rieb sich mit gespielter Verzweiflung die Schläfen.

»Konnte nicht schlafen«, murmelte ich und lehnte mich an sie. Seit Mama nicht nur Geraldine, sondern auch Ole traf, war sie viel umgänglicher und vor allem auch gesprächiger geworden. Früher hätte sie mich nur mit einer harschen Bemerkung zu Bett geschickt und ihre Ruhe haben wollen und ich hätte einfach gehorcht. Manchmal fragte ich mich, wie ich ihre schlechte Laune all die vielen Jahre ausgehalten hatte. Jedes andere Mädchen hätte beim Jugendamt ihre Mutter eingetauscht oder zumindest Beschwerde wegen Kindesmissachtung eingereicht. Vielleicht lag es daran, dass es zwischen Mama und mir immer wieder diese innigen Momente gab. Selten, aber sie waren für die Ewigkeit und löschten alle doofen Erlebnisse aus. Wie auch immer Mama es schaffte, ich konnte ihr nie lange böse sein. Unsere Streits und Diskussionen vergaß ich immer schnell. Dafür würde mir immer unser Apfelsinenpicknick in Erinnerung bleiben. Oder wie sie mich durch den eiskalten Gebirgsbach gezogen hat und ich danach drei Jahre lang nicht krank wurde. Oder wie wir stundenlang mit dem binären Zeichensystem wie einst die Äthiophier rechneten und ich verstanden habe, wie Informatik funktioniert. Und nicht zuletzt die Sache mit den Kongruenzsätzen, die sich mir tief eingeprägt hatten und mit denen ich im Umkehrschluss Mama davon überzeugen konnte, silberne Miniröcke und türkise Gummistiefel zu tragen.

Vielleicht lag es aber auch nur daran, dass sie meine Mama war und ich sie schrecklich lieb hatte.

»Es ist wie verzaubert«, sinnierte sie vor sich hin und drehte die Teetasse in ihrer Hand. »Aber seit diesem Halbjahr schreiben plötzlich alle Schülerinnen und Schüler gute Noten. Als ob jemand in ihren Hirnen das Areal für Mathe und Physik aktiviert hätte. Nur bei Hendrik kapieren sie nichts.«

»Vielleicht machst du einfach einen guten Unterricht?« Ich rollte die Augen. Hendrik war Mamas Referendar und ein hoffnungsloser Fall, gegen ihn war jeder von uns ein Professor. Wir beteten alle, dass er endlich seine Ausbildung schmiss und Koch, Einzelhandelskaufmann oder Mechaniker wurde wie andere vernünftige Menschen auch.

»Vielleicht unterrichte ich seit Jahren immer ein und dasselbe?« Mama grinste mich schelmisch an. »Hey, ich bin Lehrerin, ich habe nicht so viel Zeit, mir ständig neue Lernmethoden auszudenken. Außerdem habe ich wirklich gute Materialien am Start.«

»Du meinst, du machst nie etwas Neues?« Ich guckte sie ungläubig an. Meine Mutter, die kritischste Lehrerin unter der Sonne, die, die zielstrebig und ehrgeizig immer alles besser wusste als alle anderen, gab sich keine Mühe mit ihren Unterrichtsvorbereitungen? Kein Wunder, dass sie als unbeliebteste Lehrerin der ganzen Schule Karriere gemacht hatte, wenn sie ihre Schülerinnen und Schüler mit Steinzeitmethoden unterrichtete.

»Reingefallen!« Meine Mutter stupste mich in die Seite, als sie mein kritisches Gesicht bemerkte. Dann zog sie mich in ihre Arme. »Und jetzt sag, warum schläfst du nicht? Ist etwas passiert?«

»Ich mache mir Sorgen um Shark«, platzte es unvermittelt aus mir heraus.

»Lass mich raten: Sie ist mal wieder abgetaucht und du weißt nicht, was mit ihr los ist? Ach, komm schon, du kennst sie doch. Shark kommt und geht, wie es ihr gefällt. Hast du doch selbst oft genug schon erlebt.«

»Aber diesmal ist es anders ... sie ist mitten im Unterricht aufgestanden und gegangen. Und seitdem habe ich nichts mehr von ihr gehört. Außer, dass sie noch etwas *zu erledigen* hätte ... Das ist blöd, ich weiß nie, wo sie steckt! Es ist, als wäre ich mit einem Gespenst befreundet.«

Mama nahm einen Schluck Tee. Ich spürte, wie sie nachdachte und die passenden Worte in ihrem Kopf zurechtlegte, bevor sie sagte:

»Shark erinnert mich ganz oft an Geraldine, weißt du das? Wir waren früher auch unzertrennlich, haben jeden Tag zusammen verbracht, gelernt, geshoppt, Partys besucht. Aber Geraldine brauchte zwischendurch immer wieder Zeit für sich und hat sich einfach mir nichts, dir nichts ausgeklinkt. Das war für mich jedes Mal hart und völlig unverständlich.«

Ich nickte. Genau so war Shark auch. Doch ein Freundinnenleben ohne Shark war möglich, aber sinnlos.

»Weißt du, manche Menschen brauchen einfach keine

anderen Menschen um sich herum. Sie genügen sich selbst, haben mit sich genug zu tun ... du hast ja Geraldine kennengelernt!«

Oh ja, das hatte ich! Ich werde nie den Nachmittag vergessen, an dem ich die berühmte Sängerin backstage in der Garderobe besuchte. Mama hatte mich zu einer Generalprobe eingeschleust und ich hatte mit klopfendem Herzen auf sie gewartet. Geraldine Harper war Chansonnière, nicht gerade die Musik, die ich sonst hörte. Aber Mama hatte mir ein paar Stücke vorgespielt und ich war sofort begeistert gewesen von ihrer Stimme, die sich tief und warm und nach einer Mischung aus Kuscheldecke und Käseraspel anhörte. Ich verstand kein Wort von dem, was sie sang, aber es klang wunderschön und sehnsuchtsvoll. Ich fühlte mich von ihrer Musik eingesogen und umhüllt, ich träumte mich sofort weg. Meine Stimme war in einer ganz anderen Tonlage, viel höher, und ich sang auch keine französischen Chansons, sondern Musicals oder Popsongs. Deswegen übte ich in jeder freien Minute, die mir mein anstrengendes Leben als Schülerin der 7. Klasse ließ. Ich hatte mich bei einem Onlinekurs angemeldet und war im Ranking mittlerweile unter den besten 100 Teilnehmerinnen gelandet. Geraldine jedoch zeigte sich von meiner Stimme überhaupt nicht beeindruckt, sie tat weder mir noch Mama den Gefallen, sie auch nur ansatzweise ein bisschen gut zu finden.

Mama hatte mich ihr natürlich mit stolzen Gesten und Worten vorgestellt und mich gebeten, ihr die ersten Takte von »All I want for christmas« vorzusingen – dem Oldie-but-Goldie-Song von Mariah Carey, mit dem ich auf unserem Weihnachtsfest in der Schule im letzten Jahr für Aufsehen gesorgt hatte. Unter einem Vorwand hatte sie uns zwei dann alleine gelassen, angeblich, weil sie für Oskar nach neuen Spezialschuhen recherchieren musste. Ich war mir aber sicher, in Wirklichkeit wollte sie, dass wir beide uns beschnupperten und in Ruhe kennenlernten.

»Und was soll das mal werden?«, hatte Geraldine gefragt und dabei gelangweilt nach ihrem Kamm gegriffen, um sich ihre kurzen weißen Haare zurechtzuzupfen. »Willst du etwa so ein hüftwackelndes Popsternchen werden?«

Von klein auf wolltest du im Mittelpunkt stehen. Weißt du noch, wie du dir immer die Strumpfhosen auf den Kopf gezogen hast? Das waren deine roten Haare! Du hast dir eine Gurke aus dem Kühlschrank geschnappt, das war dein Mikro! Und obwohl ich es tausend Mal verboten hatte, bist du auf den Tisch geklettert, hast die Spots angeschaltet und hast gesungen. Playback, natürlich, aber voller Leidenschaft und Inbrunst. Von tief innen heraus, so, wie man nur vor Publikum singen kann, wenn man weiß: Alle hören dir zu. Und klatschen Beifall.

Völlig perplex hatte ich mitten im Song aufgehört zu singen und war nach Luft schnappend mit offenem Mund vor ihr stehen geblieben. Ich fühlte mich ertappt, denn genau das wollte ich. Auch wenn ich keine Karriere als inhaltslose Hülle oder Model anstrebte, hatte ich doch kapiert, dass es in unserer Gesellschaft *immer noch* aufs Äußere ankam, wollte frau etwas erreichen. Nie im Leben würde ich mich deshalb so anziehen wie Pia, Vanessa & Co.! Aber dass Kleider Leute bzw. Mädchen machten, war ja nun wohl ein ungeschriebenes Gesetz. Da gab es nichts schönzuquatschen. Und weil ich beschlossen hatte, nicht in Bescheidenheit zu sterben oder qualvoll an meinem ungelebten Gesangstalent zu ersticken, hatte ich nun mal diesen Weg gewählt: Ich gab mir seit einiger Zeit mit meinem Outfit Mühe, trug nicht mehr nur die Klamotten, die Mama mir kaufte, und ging alleine shoppen. Silberrock, Boots, bunte Leggings gehörten ebenso dazu wie blau gefärbte Haare und seit Neustem ein Undercut, den selbst Mama noch nicht bemerkt hatte, so cool war er geschnitten. Statt wertvoller Jugendliteratur las ich Mangas, statt Nagellack trug ich Aufklebetattoos und zugenommen hatte ich auch, aber das war mir egal.

Das würde aber in Zukunft nicht reichen, so viel kapierte ich, als ich vor Geraldine stand und sie mich mit hochgezogener Augenbraue missbilligend musterte. Ich war mir in diesem Moment nicht sicher, ob ich sie überheblich oder einfach nur ehrlich finden sollte.

Doch zu meiner Überraschung hielt sie im Haarekämmen inne und legte die Hand auf meine Schulter: »Ich sag dir was, Linn. Das Leben als Star ist ein verdammt einsamer Job. Du bist immer unterwegs, immer in der Öffentlichkeit. Egal, was du machst, wen du triffst, küsst oder liebst, immer wissen alle alles von dir. Und wehe, du bist mal krank oder triffst den Ton nicht. Oder niemand möchte ein Interview mit dir, deine neue CD kaufen, dein Konzert besuchen.« Geraldine schluckte und machte eine Pause. Ich nutzte die Gelegenheit, mich aus ihrem Griff zu befreien. Ihre Hand wog schwer.

»Deine Mutter hat das damals nicht verstehen können«, machte sie weiter und schenkte sich ein Glas Sherry ein. »Sie dachte, ich hätte schlechte Laune oder sei depressiv. In Wahrheit war ich nur unglücklich, weil ich mich nicht geliebt fühlte von meinem Publikum. Eine Künstlerin ohne Applaus. Das ist das Schrecklichste, was dir auf der Bühne passieren kann. Egal, ob du Sängerin, Autorin, Malerin oder Schauspielerin bist, wenn dich niemand sieht, wahrnimmt, toll findet, bist du verloren.« Geraldine nahm einen großen Schluck und schaute mir tief in die Augen. »Besser, du machst etwas anderes. Etwas, was *dich* zufrieden macht.«

Ich atmete tief durch und fühlte mich plötzlich sehr unbehaglich. Natürlich wollte ich Applaus! Natürlich wollte ich, dass mich alle sahen, über mich redeten, mich toll fanden. Das war ja genau das, was mir in den letzten Jahren so sehr gefehlt hatte. Weil Mama dauernd schlechte Laune hatte und nichts von Mädchenkram hielt, hatte sie mich kleingehalten. Mir coole Klamotten verboten. Nagellack. Haarefärben. Klar kam es nicht darauf an. Aber so war ich auf eine besondere Weise ganz blass geworden, zur nerdigen Außenseiterin in meiner Klasse, die nicht wusste, was sie alles draufhatte. Bis ich Shark getroffen hatte. Und die hatte das Beste aus mir herausgekitzelt.

Geraldine hatte sich jetzt auf ihren Stuhl vor dem Schminktisch gesetzt und begonnen, sich die Augenbrauen nachzuziehen. Gesten wie aus einem Film, wie ich stirnrunzelnd bemerkte, tausendmal gesehen.

Immer diese Klischees.

Ich atmete tief durch, in den Bauch, konzentrierte mich wie vor einem Auftritt. »Singen ist alles, was ich kann und will«, sagte ich entschieden und mit fester Stimme. »Ich kann noch viel mehr, aber ein Einserabitur zählt für mich nicht. Ich will singen ...«

Das alles ging mir durch Kopf, als ich mich jetzt an Mama kuschelte. Geraldine war ihre beste Freundin, eigensinnig wie ein stacheliger Kaktus, empfindlich wie eine Mimose und doch so offen wie ein Buch. Weil jeder alles an ihr bewundern sollte, musste jeder alles von ihr wissen können. Ich stellte mir das anstrengend vor und gleichzeitig konnte ich mir nicht vorstellen, dass genau diese Offenheit so einsam machte.

»Das war einer der Gründe, weshalb wir uns nicht mehr so gut verstanden«, meinte Mama, als ich ihr von meinen Gedanken erzählte. »Ich habe sie gewarnt, ihr gesagt, dass sie sich nicht von dem Applaus der anderen abhängig machen soll. Wer ständig nur im Außen lebt, findet nicht zu sich. Hab ich dir ja auch immer gesagt ...« Sie zog mich liebevoll an sich.

»Jaja, die Kongruenzsätze, ich weiß schon«, murmelte ich halb amüsiert, halb genervt. »Du hast nur vergessen, dass sie auch in umgekehrter Richtung gelten!«

»Ich hab's ja kapiert!« Mama lachte. Dann wurde sie wieder plötzlich ernst. »Aber Geraldine nicht! Sie ist berühmt geworden, die Medien überschlagen sich mit Fotoserien und Storys über sie. Aber um welchen Preis? Ich bin ihr damals überallhin nachgereist, war immer für sie da. Habe mit ihr geübt, sie getröstet, sie gefördert, unterstützt, wo ich nur konnte. Sie aufgebaut, wenn sie am Boden zerstört und verzweifelt war, ihr Mut zugesprochen. Immer ging es nur um sie, immer und überall stand sie im Mittelpunkt. Das hat mir nichts ausgemacht! Ich wollte, dass es ihr gut geht. Aber als ich dann Erik kennenlernte, wurde es schwierig. Sie redete schlecht über ihn, nannte mich unemanzipiert, nur, weil ich die Sehnsucht nach Kindern und einer Familie verspürte. Dabei war ich mitten im Studium und hatte überhaupt nicht vor, meinen Beruf als Lehrerin aufzugeben! Wir haben uns so gestritten, das kannst du dir gar nicht vorstellen.«

»Jemand wie Geraldine hat doch sicher Hunderte Verehrer«, sinnierte ich.

»Jemand wie Geraldine ist und bleibt alleine und unerreichbar«, antwortete Mama mit leiser Stimme. »Menschen wie sie sind so sensibel und kompliziert, die brauchen nur sich. Nur leider hat sie das noch nicht verstanden. Wenn sie mehr Liebe und Anerkennung für sich selbst hätte, würde sie sich nicht so einsam fühlen.«

Mamas Worte rieselten warm in meinen Bauch. Auch wenn ich nicht ganz kapierte, was sie meinte, spürte ich ganz genau, dass es bei ihr und mir anders war. Wir brauchten einander, liebten und lebten das Zusammensein und vermissten uns, wenn der andere weg war. Deswegen würden wir nie im Leben so einsam sein wie Geraldine Harper, auch wenn ihr Millionen Menschen zu Füßen lagen.

Außerdem hatten wir Oskar.

Tanze, als würde dich niemand sehen.
Liebe, als wäre dein Herz nie gebrochen.
Singe, als würde dich niemand hören.
Lebe, als gäbe es kein Morgen.
(Mark Twain)

4

Niemand außer mir vermisste Shark. Okay, Mama, die natürlich unsere dicke Freundschaft längst mitbekommen hatte, machte sich mit mir gemeinsam Sorgen. Ihr war es sowieso längst ein Dorn im Auge, dass Shark alleine bei Tilda wohnte, ihrer Cousine, während ihre Eltern auf Forschungsreise in Amerika weilten.

Haken Nr. 1 an der Sache: Tilda war an dem Tag ausgezogen, an dem Shark eingezogen war. Sie hatte ihren Traummann alias Musiker getroffen und lebte mit ihm mittlerweile in Neuseeland, wo sie gemeinsam eine Jugendherberge renovierten. Tilda hatte Brief und Siegel geschworen, dass sie so bald wie möglich zurückkommen würde, sobald der Laden liefe und sie Geld für den Rückflug hätte. Doch ich glaubte nicht daran, denn Neuseeland war nach Kuba und den Bahamas die dritte Station ihrer kleinen Weltreise. Wer wusste schon, wohin es sie als Nächstes trieb. Sicherlich nicht nach Deutschland.

Haken Nr. 2 an der Sache: Immer wieder tauchte Agnes Przybilla vom Jugendamt bei uns im Möbiusweg auf, um nach Shark zu sehen. Argwöhnisch schnüffelte sie überall herum. Bisher war es uns noch immer gelungen, sie abzulenken und ihr unsere Wohnung als die von Shark vorzuschwindeln, aber ich hatte die dunkle Vorahnung im Bauch, dass sie alsbald merken würde, dass Shark in Wirklichkeit alleine wohnte. Eine Minderjährige, die ganz alleine für sich sorgte! Wo gab es denn so was!? Aber weil sich selbst Mama davon beeindruckt zeigte, dass Shark zuverlässig und mit den allerbesten Noten die Schule schaffte – wenn sie denn zur Schule ging! –, hoffte ich inständig, dass sie nicht auffliegen würde. Wenn Shark allerdings regelmäßig in der Schule fehlte so wie jetzt, war es nur eine Frage der Zeit, bis die Przybilla wieder auf der Matte stand. Diesmal womöglich mit der Polizei im Schlepptau, weil Shark es übertrieb.

Haken Nr. 3 an der Sache: Shark litt unter der Abwesenheit ihrer Eltern. Das wusste ich, obwohl sie nie mit mir darüber sprach. Wenn eine nachts auf dem Dach saß, leise Tränen weinte und klammheimlich gefaltete Papierfische in der Regenrinne schwimmen ließ, war doch alles klar. Shark hatte Sehnsucht nach ihren Eltern, vermisste sie, insbesondere ihre Mutter, das hatte sie irgendwann einmal kurz angedeutet, als ich mich bei ihr über meine strenge Mutter alias Frau Giftgrün beschwert hatte. Da nämlich hatte mich Shark einfach nur angeguckt und mich mit den Worten »wenigstens hast du eine« einfach stehen gelassen.

Das alles ging mir durch den Kopf, während ich Oskar am Nachmittag dabei half, seine Nano-Sammlung zu sortieren. Ole Breitmoser, Mamas neuer Freund, hatte ihm von einer seiner Reisen einen Setzkasten mitgebracht. Ein kleines Holzregal aus dem letzten Jahrhundert, aber für Oskars Zwecke genau das Richtige. Weil mein Bruder in seinem Leben kaum größer als Einmeterunddreißig werden würde, besaß er ein Faible für alles, was kleiner war als er. Ob Flöhe, Mohnsamen, Radiergummikrümel oder Stecknadelköpfe, Oskar sammelte alles. Entweder in kleinen Röhrchen, die er für diese Zwecke extra im Bastelladen gekauft hatte. Oder fein säuberlich auf Tesafilm aufgeklebt (Fußnägel! Brotkrumen! Perlen!). Ole hatte ihm den Gefallen getan und den Setzkasten genau über Oskars Schreibtisch aufgehängt, womit Mama zunächst überhaupt nicht einverstanden gewesen war. Normalerweise erledigte sie all diese Arbeiten nämlich gerne selbst. Seit ich denken konnte, hantierte sie mit der Bohrmaschine so selbstverständlich wie mit dem Bügeleisen. Sie hatte mir das Anbringen von Fotorahmen, Regalen und Lampen beigebracht, während Oskar im Prinzessinnenkleid auf der Waschmaschine Karussell fahren durfte. Dass sich plötzlich ein Mann in unseren Haushalt einmischte, war für Mama neu, ungewöhnlich und absolut gewöhnungsbedürftig.

Für mich auch. Seit Papas Tod vor vielen Jahren bildeten wir zu dritt eine eingeschworene Gemeinschaft und hatten bisher keinen Mann vermisst, der uns die Welt reparierte oder erklärte. Jetzt hatten wir Ole und das war zugegebenermaßen nicht das Schlechteste, was einem passieren konnte. Ole machte, dass Mama endlich wieder lachte, statt wie bisher sauertöpfisch und mies gelaunt die schlechtesten Noten ever zu verteilen. Nur ganz langsam änderte sich das gerade, nur ganz langsam sprach es sich herum, dass meine Mutter auch nur ein Mensch war und seit Neustem auch mal mit ihren Schülerinnen und Schülern scherzte.

»Ole will mich am Wochenende mit zum Angeln nehmen«, meinte Oskar. Er legte vorsichtig ein Stück abgebrochene Spaghetti in den Setzkasten. »Der will sich bei mir einschleimen. Erst dieses antike Ding hier. Und neulich den Gratis-Upload für den Duden ... Denkt, ich bemerke das nicht, aber wenn einer ständig mit dir Eis essen gehen will, ist doch wohl klar, was los ist. Und Angeln? Sehe ich so aus, als ob ich gerne Fische fangen würde?!« Mein Bruder machte ein empörtes Gesicht.

»Ach, komm schon, Ole ist doch nett! Der weiß einfach, dass du vielfältig interessiert bist, und möchte dir eine Freude bereiten«, sagte ich leichthin und sortierte das Konfetti mit der Pinzette nach Regenbogenfarben. In Wahrheit war ich etwas neidisch auf meinen kleinen Bruder, denn Ole hatte bisher noch keine Anstalten gemacht, mir etwas zu schenken oder mir einen Ausflug vorzuschlagen. Wobei ich ganz sicher nicht mit zum Angeln gekommen wäre, selbst wenn er hinterher die Fische wieder in den Teich warf, wie er immer behauptete. Stundenlang am See sitzen und auf die Wasseroberfläche starren. Wie langweilig war das denn!

»Meinst du, er küsst Mama?« Oskars Gesicht war so rot angelaufen wie das Bayern-Trikot, das er trug. Auch ein Geschenk von Ole.

»Klar!«, rutschte es mir heraus und jetzt spürte ich, wie mir ebenfalls die Peinlichkeitsröte in die Wangen kroch. Ich hatte die beiden nämlich neulich beim Knutschen heimlich beobachtet. Zufällig. Na ja. So ein bisschen. Dachten, ich würde sie nicht bemerken, wie sie heimlich hinter den Mülltonnen standen und sich umarmten. Dort, wo eigentlich sonst immer der olle Pistorius auf der Lauer lag, um sofort losmeckern zu können, wenn einer seinen Abfall falsch sortierte. Aber der hatte leider den Moment verpasst. Dafür war ich auf der Suche nach Pepper gewesen, Sharks zahmer Elster, die jetzt im Frühling gerne auf Zwitschertour ging, offensichtlich auf der Suche nach einem Elstermann. Als ich die beiden bemerkte, bin ich schnell wieder ins Haus gewitscht. Erwachsenensex. Peinlich, peinlicher, am peinlichsten! Ich wagte nicht, darüber nachzudenken, ob Ole auch schon mal bei uns übernachtet hatte, ohne dass ich es bemerkt hätte.

Es war einmal ein liebestoller Gurami, der liebte sein Guramiweibchen so dolle, dass er sie ständig anknabbern und begatten wollte. Weil er ihr Nein nicht hören konnte, wurde er in ein extra Aquarium gesetzt, wo er unglücklich und noch liebeskranker vor sich hin schwamm. Eines Tages sprang er in seiner Verzweiflung aus dem Becken, geriet zwischen zwei Stühle, landete unter der Kommode. Und verstarb.

»Irgendwie war das mit Ole keine gute Idee«, meinte Oskar jetzt und betrachtete missmutig seinen Setzkasten. »Und ich bin doch kein Museum. Ich will den nicht!« Es hätte nicht viel gefehlt und er hätte das Dings von der Wand gerissen.

Also half ich ihm dabei, Konfetti und Spaghetti wieder in die Schachteln zurückzusortieren und den Setzkasten abzuhängen. Was machte man nicht alles für kleine Brüder.

»Aber er tut Mama gut«, sagte ich, obwohl ich das mit dem Küssen peinlich fand. »Hast du nicht gemerkt, wie fröhlich sie in letzter Zeit wieder ist?«

»Das liegt nicht an Ole«, kam es von Oskar wie aus der Pistole geschossen. »Das liegt an Geraldine, weißt du doch!« Mit diesen Worten ließ er mich einfach stehen, um sich in der Küche einen Proteinshake zu mixen. Wie gesagt, mein kleiner Bruder war der Größte in messerscharfen Schlussfolgerungen.

Völlig perplex klemmte ich mir den Setzkasten unter den Arm und ging auf mein Zimmer, um in Ruhe über Oskars Bemerkung nachzudenken. Ich fand nämlich Geraldine überhaupt nicht so nett, wie Mama sie immer darstellte. Mal abgesehen von ihrer Nichtbeachtung meines Gesangstalents, schien sie mir eine sehr sonderbare Person zu sein. Obwohl ich ihr Gesicht aus den Medien kannte und Mama mir so viel von ihr erzählt hatte, hatte ich sie mir völlig anders vorgestellt. Offener. Herzlicher. Fröhlicher. Ich konnte überhaupt nicht verstehen, warum Mama so eng mit ihr befreundet war und sich, wann immer es die Terminkalender zuließen, mit ihr traf.

Egal, ob Ole oder Geraldine, Hauptsache, Mama ging es wieder gut, dachte ich, während ich den Setzkasten auf meinen Schreibtisch stellte und nach meinem Handy schielte. Keine neuen Nachrichten. Von wem auch? Ich war ja nicht im Klassenchat. Ganz bestimmt hatten sich längst geheime Gruppen gebildet und die Mädchen aus meiner Klassen chatteten sich wegen Phil die Finger wund. Alle fanden ihn süß! Ich auch ... Aber gegen eine aufgetakelte Pia und Vanessa hatte ich keine Chance. Und das, obwohl ich dank Shark in jüngster Zeit so stark wie nie war! Irgendwie war das unfair. Alle hatten Spaß, nur ich nicht. Gedankenverloren drehte ich mein Handy in der Hand hin und her. Vielleicht sollte ich mich doch bei Whatsapp anmelden, wie Shark es sicher längst getan hatte ... Oder ich mischte mich ganz einfach analog unter meine Klassengruppe, ich wusste ja vom zufälligen Lauschen, wo sie sich im Park trafen. Wäre ich nur so cool wie Shark, dann würde ich mir nicht lange einen Kopf machen, sondern schnurstracks hingehen. Trau dich, zeig dich, steh zu dir, würde sie sagen, wetten? Hey, Moment, wieso ... wer sagte denn, dass ich es nicht auch einfach tun konnte? Also los.

Keine zehn Minuten später war ich mit dem Fahrrad unterwegs. Vorbei am Flüchtlingsheim, wo gerade eine bunte Truppe Kinder spielte. Mit einem Lächeln im Gesicht dachte ich an meine Süßigkeitenaktion im letzten Jahr, als ich sie mit Chips, Flips & Co. beschenkt hatte.

Hoffentlich waren die Kinder und ihre Familien mittlerweile in richtigen Wohnungen untergebracht und konnten zur Schule gehen wie alle anderen auch.

Schon von Weitem entdeckte ich Pia und Vanessa, die auf der Bank vor dem Springbrunnen herumlungerten. Offensichtlich warteten sie auf jemanden, denn sie schauten unablässig abwechselnd nach links oder rechts. Ich stellte mein Fahrrad ab und ging hinter einer Rosenhecke in Deckung, denn ich hatte keine Lust auf doofe Bemerkungen und noch blödere Fragen und wollte von den anderen nicht gesehen werden.

Zu meiner Überraschung kam jetzt Suzu dazu. Ausgerechnet sie, die noch verhuschter wirkte als eine schwindsüchtige Maus. Irgendetwas hatte ich da wohl verpasst, denn sie begrüßte Pia mit Küsschen rechts, Küsschen links und Vanessa mit einer herzlichen Umarmung. Suzu gehörte neben Jonas und mir zum Team der Außenseiternerds der Klasse und war in den Augen der anderen sogar noch seltsamer als ich. Aber offensichtlich hatte sie etwas, was ich nicht hatte. Denn jetzt kamen auch noch Paul und Leo dazu, die aber nur kurz Hallo sagten und sich dann sofort in ihre Smartphones vertieften, um was auch immer darauf zu zocken. Aber wie sahen sie aus! Hätte ich sie nicht jeweils an ihren Jacken erkannt, hätte man sie glatt für Abziehbilder von Phil halten können: Paul hatte sich die Haare zurückgegelt und Leo schien frisch vom Friseur zu kommen, zumindest hatte er bis vorhin in der Schule wuschelige Locken besessen. Beide trugen knallenge Jeans mit aufgekrempeltem Schlag und weiße Markensneaker. Oha, und jetzt machten sie auch noch jeder ein Selfie von sich. Posten, lachten, grinsten breit in die Kamera. Wie peinlich war das denn?

Suzu, Vanessa und Pia steckten die Köpfe zusammen und tuschelten über ihre Handys gebeugt; dass potenzielle YouTube-Stars neben ihnen saßen, beeindruckte sie kein bisschen. Eine Weile schaute ich ihnen dabei zu, wie sie nebeneinandersitzend aneinander vorbeichatteten. Ich wartete darauf, dass jeden Moment Phil auftauchte und sich zu ihnen gesellte, und brannte darauf zu erfahren, was dann passieren würde. Doch leider tat sich nichts. Niemand tauchte auf: kein Phil, kein Mirkan oder Hannes aus meiner Klasse, keine Anne, Maria, Laura.

Und dann geschah doch etwas. Gerade, als ich meine Deckung hinter den Blättern aufgeben wollte, stolzierte Shark am Brunnen vorbei. Verwundert rieb ich mir die Augen. War ich im falschen Film? Aufgehübscht wie ein Model lief sie mit sicheren Schritten über das Kopfsteinpflaster und wackelte auf ihren High Heels kein bisschen. Sie trug einen knallengen, farngrün gemusterten Jumpsuit und ihre Haare hochgesteckt, einzelne Strähnen flatterten wild heraus. Natürlich waren diese knallrot gefärbt, so als müsste sie sämtliche Styling- und Modelklischees auf einmal erfüllen. Muss ich extra erwähnen, dass sich sämtliche Köpfe nach ihr umdrehten? Jeder wartete darauf, dass irgendwo ein Fotograf oder Kameramann auftauchte. Täuschte ich mich oder schaute sie jetzt in meine Richtung und blinzelte mir zu? Bei Shark wusste man nie ...

Dann passierten zehn Dinge gleichzeitig, von denen ich hinterher nicht sagen konnte, ob sie echt waren oder nicht und was eigentlich zuerst geschah:

Suzu rief: »Da ist Phil.«

Vanessa rief: »Da ist Jonas!«

Das Wasser sprudelte in tosenden Fontänen los.

Die Menschen im Park begannen zu tanzen.

Paul ließ sein Handy in den Brunnen fallen.

Leo klaute Pias Fahrrad.

Hundekackeduft zog in meine Nase.

Es regnete Konfetti.

Shark warf Kusshändchen in die Menge.

Und ich fiel kopfüber in die Rosenhecke.

Das große Lalula

Kroklokwafzi? Semememi!
Seiokronto -- prafriplo:
Bifzi, bafzi; hulalemi
quasti bast bo ...
Lalu lalu lalu lalu la!

Hontraruru miromente
zasku zes rü rü?
Entepente, leiolente
klekwapufzi lü?
Lalu lalu lalu lalu la!

Simarar kos malzipempu
silzuzankunkrei (;)!
Marjomar dos: Quempu Lempu
Siri Suri Sei [ ]!
Lalu lalu lalu lalu la!

(Christian Morgenstern)

5

Nach Sharks fulminantem Auftritt war sie natürlich wieder einmal Gesprächsthema Nummer eins in der Klasse. Ach, was rede ich: in der ganzen Schule. Alle spekulierten und überlegten, woher sie denn so gut den Catwalk beherrschte. Pia wollte wissen, wie das mit dem Haarstyling ging und Vanessa wollte sofort zehn Kilo abnehmen, damit sie auch in so ein enges Teil passte.

Zu meinem großen Erstaunen musste ich mitanhören, wie meine Klassenkameradinnen ernsthaft über Busenvergrößerungen diskutierten. Hatten die sie noch alle? So eine Schönheits-OP kostete ein Vermögen! Und wieso ausgerechnet der Busen? Ich hatte mir darüber bisher kaum Gedanken gemacht. Warum auch? Ich hatte ja noch nicht einmal einen.

»Weil es ein Zeichen weiblicher Macht ist«, erklärte mir Pia, als ich sie danach fragte, und es hörte sich erst mal logisch an.

»Nicht, weil die Jungs drauf stehen?«, hakte ich nach, denn das las man überall. Stand auch in dem Aufklärungsbuch, das seit Neustem bei uns zu Hause herumstand.

»Klar. Aber wir wollen ja den Jungs gefallen. Also ...«

Dem hatte ich nichts mehr entgegenzusetzen. Es gehörte wohl zu einem Spiel, das ich nicht verstand.

Aber als sich Vanessa dann lautstark über die »sinnlichen Vorteile« einer Schamlippenkorrektur ausließ, reichte es mir. »Welcher Junge würde sich denn seinen Penis korrigieren lassen?«, platzte es aus mir heraus. Von den Pimmelvergleichen hatte mir Oskar kichernd erzählt und wie stolz er darauf war, dass seiner gar nicht so klein war. Ich kapierte nicht, warum es bei uns Mädchen andersherum sein sollte und was an großen Schamlippen doof sein sollte?! Aber als ich das sagte, schaute mich Pia nur mit gerunzelter Stirn an, woraufhin ich beschloss, lieber den Mund zu halten.

Shark genoss offensichtlich die Aufmerksamkeit, die von allen Seiten auf sie einprasselte und beantwortete geduldig in der Pause alle Fragen. Ich fragte mich, was plötzlich in sie gefahren war, so eine Tussi war sie doch sonst nicht. Aber statt ihrer quietsch-bunt-verrückten Leggings trug sie heute Slimjeans und ein bedrucktes Shirt, die Haare glatt und platt. Wie Pia. Wie Vanessa. Wie Leonie. Wie Michelle. Wie Suzu. Wie alle. Was war nur in sie gefahren? Gestern so, heute so?

Paul und Leo lungerten ständig in der Nähe der Mädchen herum und machten offensichtlich witzige Bemerkungen, zumindest kicherten und alberten sie herum.

Ein winziger Eifersuchtsstich pikste in meine Brust, denn für mich, die stille und unscheinbare Linn, interessierte sich natürlich mal wieder niemand. Da hatte ich mir die Seele aus dem Leib gesungen, mein Innerstes nach außen gekehrt und mich *gezeigt*. Aber offensichtlich reichte das nicht. Diese Kongruenzsatzdinger stimmten doch vorne und hinten nicht. Verfluchte Mathematik!

Weil ich keine Lust auf diese Spielchen hatte, verzog ich mich in den Chemiesaal, um dort aufzuräumen. Irgendwie beruhigte es mich, Reagenzgläser zu spülen und die Chemikalien wieder an Ort und Stelle zu sortieren. Es gab mal eine Zeit, da träumte ich davon, so berühmt wie Madame Curie zu werden, die immerhin den Nobelpreis für Physik erhalten hatte. Damals, vor Urzeiten, als es noch nicht so viele Frauen in Forschung und Lehre gab. Mittlerweile war es gang und gäbe, dass sich Mädchen für diese sogenannten MINT-Fächer interessieren. An unserer Schule war es meiner Mutter alias Coralie Grüne alias Ex-Frau Giftgrün zu verdanken, dass es diesbezüglich eine spezielle Fördergruppe für Mädchen gab. Natürlich murrten die Jungs, weil sie sich benachteiligt fühlten und der Vorstand vom Förderverein gab ihnen recht, von wegen Geschlechtergerechtigkeit und Jungs dürften nicht die Bildungsverlierer sein. Aber ganz ehrlich und unter uns: Die Jungs hatten nach wie vor in unserer Klasse das Sagen, mischten überall lautstark mit und dominierten den Unterricht. Gaben zu jeder Aufgabe ihren Senf dazu, ob es einen interessierte oder nicht. Und wussten immer alles besser.

Ich wollte gerade den Bunsenbrenner in die Schublade zurücksortieren, da vernahm ich heftiges Schnaufen aus dem Nebenraum. Erschrocken hielt ich in meiner Bewegung inne und lauschte. Jetzt ein Stöhnen. Es klang wie in Mamas Pilcher-Filmen, wenn sich Frau und Mann dann doch noch nach langem Hin und Her im Bett in den Armen lagen.

Wenn dem so war, wie ich vermutete, war ich völlig fehl am Platz! Alarm! Wer immer hier zugange war, ich wollte es lieber nicht wissen! Mit angehaltenem Atem wollte ich rückwärts davonschleichen. Dabei stolperte ich dummerweise über eine Kiste voller Laborgeräte, die irgend so ein Hirni mitten im Gang hatte stehen lassen, schepperte der Länge nach hin und knallte mit dem Kopf gegen die Rückseite vom Tisch. Dabei hatte ich mich noch nicht einmal von dem Crash in den Rosenbusch erholt! Und jetzt sah ich schon wieder Sternchen! Fluchend rappelte ich mich auf und rieb mir meine schmerzende Birne.

»Alles okay, kann ich dir helfen?« Eine angenehm tiefe Stimme riss mich aus meinen Gedanken. Jemand streckte mir seine Hand hin und half mir auf.

Völlig benommen brauchte ich eine Weile, um wieder zu mir zu kommen und mich zu sortieren. Ich musste blinzeln und sah tatsächlich Sternchen, dabei gab es so was doch nur im Comic!

»Hallo, geht es dir gut?«, fragte die Stimme noch einmal. Ich blinzelte mit den Augen und in meinem verschwommenen Blick tauchte Phil auf. Ausgerechnet der!

»Ja, schon okay, mir geht es gut«, beeilte ich mich zu sagen.

»Hast du mich erschreckt«, sagte er und grinste. Ich bemerkte, dass er hastig sein Shirt zurechtzupfte.

»Kann ich mir denken«, rutschte es mir heraus.

»Hä? Woher weißt du das?« Verlegen lächelte er mich an.

»Nur so.«

Ich musste hier ganz schnell raus. Und wollte bitte überhaupt nicht wissen, wer da noch im Nebenraum war, wo es mucksmäuschenstill blieb.

»Sag's keinem weiter, bitte, das ist mir total peinlich.«

»Schon klar.« Schnell griff ich nach meinem Rucksack und machte, dass ich aus dem Chemiesaal kam.

Draußen lehnte ich mich erst mal an die Wand und atmete tief durch. Wenn das mal keine Sensation war! Phil datete heimlich irgendwen! Hier in der Schule! Wenn das die anderen wüssten! Dann könnten sie sich ihre Make-up-Sessions und Schönheits-OPs sparen, weil er sein Traumgirl längst gefunden hatte. Wer es wohl war?

Später im Unterricht tat Phil so, als wäre nichts geschehen. Immer wieder musste ich ihn heimlich und verstohlen von der Seite anschauen. Nur wenn man genau hinsah, bemerkte man die verschwitzten Strähnen. Ansonsten wirkte er entspannt und konzentriert, kein Wunder.

Natürlich war ich nicht die Einzige, die ihn im Visier hatte. Paul hatte sein Shirt hochgekrempelt, sodass man seine zarten Muskeln spielen sah, wenn er seinen Tintenroller festhielt. Vanessa trug ihre blonden Haare wie einen Vorhang, der ihren freizügigen Ausschnitt spielerisch überdeckte. Und Pia lächelte bei jeder Gelegenheit zu ihm hinüber. Es war fast nicht zum Aushalten und hätte ich mir nicht Sorgen wegen Shark gemacht, die still und in sich gekehrt auf ihrem Stuhl saß, wäre das Verhalten meiner Klassenkameraden zum Kreischen komisch gewesen. Aber meine Freundin wirkte von Schulstunde zu Schulstunde schmaler und abwesender, es war, als hätte jemand plötzlich die Luft aus ihr herausgelassen. Keine Spur mehr von dem selbstbewussten Mädchen, das mit hocherhobenem Kopf durch die Stadt stolzierte und sich von nichts und niemandem reinreden lassen wollte. Oder die vorhin noch in der Pause von den anderen umringt und bewundert wurde. Es schien, als würde sie vor meinen Augen schrumpfen, und als ich schließlich neben ihr im Bus auf der Heimfahrt saß, hätte ich sie locker auf meinen Schoß setzen können, so klein war sie.

Weil ich nicht wusste, was ich sagen sollte – was hätte ich auch fragen sollen: Hilfe, ich habe meine Freundin geschrumpft? Hast du wie Alice im Wunderland die falschen Pilze gegessen? –, hielt ich lieber meinen Mund. Hinterher ärgerte ich mich, denn jetzt saß ich grübelnd da und überlegte, was mit Shark los war. Irgendetwas schien sie dermaßen aus der Fassung zu bringen, dass sie ihre wilden, wunderbar verrückt-genialen Ideen komplett vergessen zu haben schien. Wo kam dieser plötzliche Sinneswandel her? Und wie konnte ich meiner Freundin helfen?

Schweigend liefen wir nebeneinander nach Hause, sie sagte mir noch nicht einmal richtig Tschüss, als sie hinter ihrer Wohnungstür verschwand. Immerhin wurde sie von Pepper mit lautstarkem Elstergekrächze begrüßt und da wusste ich, dass Shark wenigstens nicht vor Einsamkeit sterben würde, denn Pepper würde sie aufmuntern und bei Laune halten.

WENN ICH ALLEIN BIN UND AN DICH DENKE, BIN ICH NICHT ALLEIN. ICH SCHLIEẞE EINFACH MEINE AUGEN UND STELLE MIR VOR, DU BIST BEI MIR. ICH ERZÄHLE DIR VON MEINEN ERLEBNISSEN, DU MIR VON DEINEN. WIR TEILEN UNSER LACHEN UND UNSERE ÄNGSTE GENAUSO WIE UNSERE COLA UND GUMMIBÄREN. ZUSAMMEN IST NIEMAND ALLEIN.

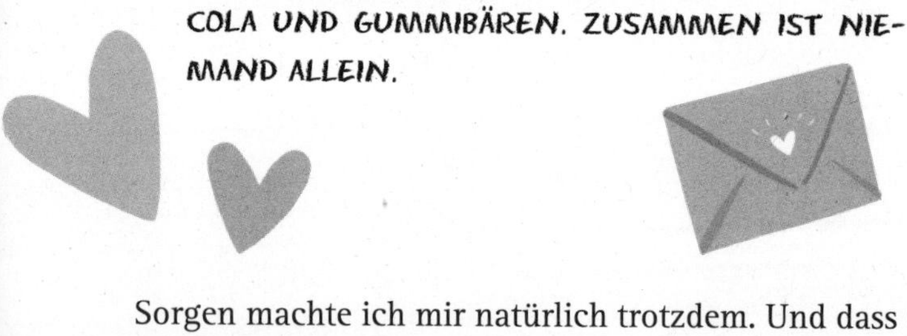

Sorgen machte ich mir natürlich trotzdem. Und dass Oskar nach dem Essen geknickt in seinem Zimmer verschwand, machte die Sache für mich auch nicht besser.

Um mich abzulenken, fabrizierte ich einen ellenlangen Aufsatz über die Novelle »Kleider machen Leute«, die unser Deutschlehrer Herr Kimpel liebte. Und ich liebte aus naheliegendem Anlass das Thema. Ich hatte mich gerade ausführlich in meine Gedanken über Phil, seinen durchtrainierten Körper und seine Wirkung auf die anderen Mädchen vertieft, da hörte ich es draußen im Treppenhaus poltern. Genauer gesagt war es nur ein leichtes Schlurfen, aber da es sonst bei uns im Haus ehrenwert ruhig war, weil der grantige Pistorius für Ruhe und Ordnung sorgte, war ich sofort alarmiert. Seit Tilda ausgezogen war, war es noch ruhiger geworden. Ohne ihre Musik und die Räucherschwaden, die durchs Schlüsselloch in den Hausflur waberten, wirkte alles öde und leer – bis auf die Zeiten natürlich, in denen Shark für Tohuwabohu sorgte.

Unten neben dem Pistorius im Erdgeschoss wohnte die Familie Toprak mit ihren drei Kindern, Elyas, Özge und Baby Ibo. Elyas war der größere Bruder von Özge und eigentlich ganz nett, seit Neustem grüßte er mich, obwohl die Familie seit einiger Zeit sehr zurückgezogen lebte und kaum noch Besuch bekam.

Neben Tilda, äh: Shark, wohnte Familie Müller. Frau Müller hatte ihr gesamtes Mutterleben damit verbracht, sich um Ildikó zu kümmern und sie helikoptermäßig von früh bis spät umsorgt, betüddelt und überallhin gefahren. Aber Ildikó war mittlerweile süße siebzehn und wollte mit ihrer Mutter am liebsten überhaupt nichts mehr zu tun haben. Sie hing mit ihrer Clique an der

Stadtmauer ab, kam nie vor Mitternacht nach Hause und hatte die miserabelsten Noten, die man sich vorstellen kann. Ich wusste das alles so genau, weil Frau Müller regelmäßig bei Mama klingelte, um sich bei ihr über ihre missratene Tochter auszuweinen, und ich dann selbstredend meine Salatohren ans Türblatt klemmte, um bloß kein Detail zu verpassen.

Neben uns wohnte Ole Breitmoser, was sehr praktisch war, denn weil wir uns mittlerweile ganz gut kannten und verstanden, war seine Wohnung zu unserer geworden und unsere zu seiner. Wobei es eher Oskar war, der sich hingebungsvoll um seine Minischildkröten kümmerte, wenn Ole auf Reisen war, denn er arbeitete als Buchhandelsvertreter.

Über uns im dritten Stock wohnte Familie Krämer und weil man von ihnen so gut wie nie etwas hörte und sah, nannte ich sie Geisterfamilie. Vielleicht gab es sie auch gar nicht wirklich.

Neben ihnen wohnte Oma Hilde. Oma Hilde litt an Diabetes und Knieschmerzen, was sie nicht daran hinderte, unzählige Cognackirschen zu verputzen. Ihre Leidenschaft waren Preisausschreiben und so bestand neben dem Schleppen von Süßkram meine Hauptaufgabe darin, für sie die unzähligen Päckchen von der Post abzuholen. Denn zum Glück hatte Oma Hilde richtig Glück und gewann immer was. Nur die orangen Schachteln sollte ich immer gleich zurückgehen lassen, weil da Sexkram drin war und für den fühlte sich Oma Hilde nach eigener Aussage zu alt.

So war es in unserem Haus im Möbiusweg! Lauter besondere Menschen, liebenswert und jeder mit seiner persönlichen Geschichte. Und jeder mit einem kleinen Geheimnis, von dem Sharks Alleineleben das größte war ...

Als ich jetzt durch den Spion spähte, war nichts zu entdecken. Wer machte da nur so einen Krach? Angestrengt lauschte ich, lehnte sogar mein Ohr an die Tür, aber außer einem leichten Türenknarzen war nichts zu hören. Aber das Geräusch kannte ich. Es war die Tür zum Dach, ein Notausstieg, den man, wie der Name eindeutig sagte, nur im Notfall benutzen durfte! Schnell zog ich mir Jacke und Schuhe an, dann schlich ich hinterher.

Fische falten

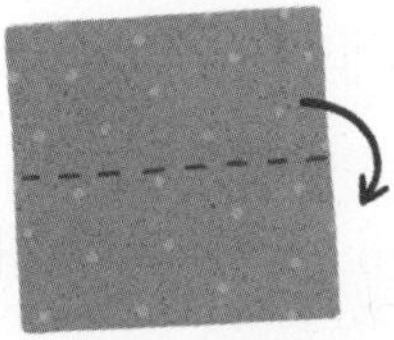

1 Du brauchst ein quadratisches Stück farbiges Faltpapier.
Falte das Quadrat zur Hälfte zu einem Rechteck.

2 Dann faltest du beim entstandenen Rechteck die rechte Kante nach links, also noch mal um die Hälfte.

3 Jetzt öffnest du die Spitze links unten, wobei du sie rechts zu einem Dreieck umfaltest.

4 Drehe das Gefaltete auf die Rückseite um und falte erneut die Spitze zu einem Dreieck um.

5 Falte nun die linke Ecke zur Mittellinie.

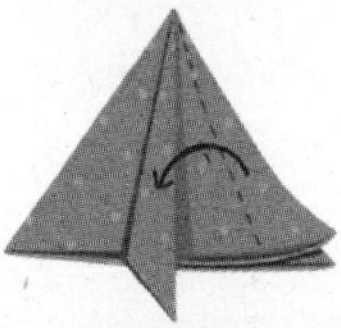

6 Dann faltest du die rechte Ecke darüber. So entsteht der Fischschwanz.

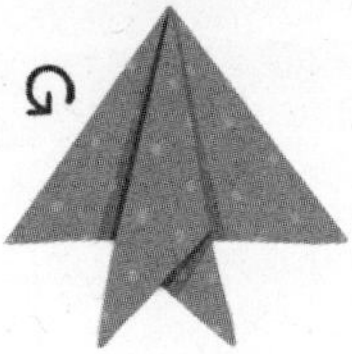

7 Jetzt ist dein Fisch fertig!

8 Wenn du magst, male ihm auf der Vorderseite mit einem schwarzen Stift noch ein Auge.

6

Prasselnder Regen und ein wolkenverhangener Himmel empfingen mich, als ich das Dach betrat. Tagsüber war ich noch nie hier gewesen, sonst schlich ich mich immer nachts hierher, wenn ich nicht schlafen konnte. Weiter hinten, am Schornstein vom Nachbarhaus, gab es einen Vorsprung, auf dem ich mir extra für meine nächtlichen Ausflüge ein kleines Lager eingerichtet hatte. Genauer gesagt hatte ich hinter der Mauer eine Kiste mit Kissen und Decken versteckt.

Weil die Häuser im rechten Winkel zueinanderstanden, konnte ich in den Innenhof und in die Fenster der Nachbarn spähen. Frau Müller war gerade dabei, Strudelteig durch die Küche zu wirbeln, und Frau Toprak saß mit Baby Ibo am Esstisch und starrte traurig vor sich hin.

Da riss mich ein schepperndes Geräusch aus meinen Gedanken. Vorsichtig ging ich hinter dem Schornstein in Deckung. Der Wind pfiff mir um die Ohren und ich war jetzt schon völlig durchnässt. So eine bescheuerte

Idee, hier herumzuschleichen! Wer immer sich da aufs Dach geschlichen hatte, musste einen triftigen Grund haben. Oder eine Vollmeise. Oder voller verrückter Ideen sein. Wie Shark. Denn keine andere war es, die ein paar Meter weiter von mir stand und lauter rosafarbene Papierfische in die Regenrinne setzte. Hätte ich mir ja fast denken können, neulich hatte sie schon mal so eine Aktion gebracht. Und ich hatte mich wie immer nicht getraut, sie zu fragen, was sie eigentlich damit bezweckte. Auch jetzt traute ich mich nicht aus meiner Deckung heraus, sondern beobachtete aus sicherer Entfernung, wie sie leise vor sich hin summend ein Fischlein nach dem anderen losschwimmen ließ.

Aber wie sah sie aus? Hätte ich sie nicht heute Morgen in der Schule gesehen, hätte man denken können, sie wäre soeben aus dem Bett gehüpft: Barfuß, im Oversizedshirt und mit regennassen Haaren stand sie da. Völlig in sich und ihre Gedanken versunken. Bloß nicht ansprechen, sie würde sich zu Tode erschrecken. Also wartete ich ab und zählte insgeheim mit: sieben Fische. Dann blieb Shark mit bebenden Schultern vor der Regenrinne stehen. Erst ganz leise und kaum sichtbar, dann wurde ihr Schluchzen immer lauter und tiefer, es hörte sich an, als würde ein verletztes Ungeheuer mit wilden Zuckungen weinen. Unheimlich. Laut. Schmerzvoll. So schmerzvoll, dass es mir meinen Magen umdrehte und ich dreimal tief durchatmen musste.

Shark musste mein Schnaufen bemerkt haben, denn mit einem Ruck drehte sie sich zu mir um. Sie wirkte wie ein Gespenst mit Schlotterhaaren, ihre sonst so wilden Haare hingen in langen Strähnen herunter. Zaghaft streckte ich die Hand nach ihr aus und berührte sie sanft an der Schulter. Sie fühlte sich klamm und feucht an, nicht greifbar und ohne Kontur. Fast wie ein Schwamm, der sämtliche Flüssigkeit in sich aufsog, weich und weicher wurde. Mir war, als würde die Wärme aus meinen Händen hinüber auf ihre Haut wandern und langsam in ihre Poren sickern. Als würde sie begierig meine Freundinnengefühle in sich aufsaugen. Wunderbarerweise wurde mir deswegen nicht kalt, im Gegenteil. Dort, wo meine Hand auf ihrer Schulter lag, entfachte sich ein kleines Feuerwerk, das wie Brausekügelchen im Mund explodierte, in meiner Hand kribbelte, hinüberwanderte in meinen Bauch und von dort zu ihr. Lauter wärmende Freundinnengefühle, die alles wieder heile machten.

»Hey, was ist?«, wagte ich zu sagen. Es war mehr ein gehauchtes Flüstern als ein ordentlicher Satz. Da drehte sie sich zu mir um und warf sich in meine Arme. Ich hielt sie fest und wartete, bis sie sich endlich ausgeheult hatte.

»Es ... ist kompliziert zu erklären. Aber es ist gut, dass du da bist«, sagte sie leise, als sie sich wieder beruhigt hatte. Dankbar drückte sie meine Hand. Ich nickte und verstand.

Eine Weile schauten wir beide zu, wie die rosaroten Fische vom Regen die Dachrinne entlanggespült wurden. Und wäre die Situation nicht zum Heulen traurig gewesen, hätte man begeistert bewundern können, wie sie im Strudel tanzten, sich drehten und dabei noch nicht einmal untergingen. Erst das Fallrohr verschluckte sie, eins, zwei, drei, vier, fünf, sechs, sieben hintereinander, und dann waren sie weg.

Ich spürte, wie sich Shark unter meiner Berührung langsam beruhigte und wieder greifbar wurde. Noch ein lauter Schluchzer und ein leiserer, dann atmete sie wieder normal. Ich fasste sie an der Hand und zog sie vorsichtig zu dem Vorsprung, hinter dem ich in einer Kiste Decke und Kissen versteckt hatte. Schnell bereitete ich uns ein gemeinsames Lager, hüllte uns ein und dann saßen wir beide dicht aneinandergelehnt, Kopf an Kopf mit geschlossenen Augen da. Längst spürte ich die Nässe nicht mehr, denn mein Herz war knallvoll mit den warmen Freundinnengefühlen für Shark neben mir, die mir in diesem Moment so nahe schien wie nie. Die Luft zwischen uns vibrierte und das lag nicht am Regen, der sich noch mal verstärkte und noch mal hagelgleich auf uns herunterprasselte. Von ihr zu mir und mir zu ihr schwangen unzählige Geschichten, tauschten sich unsere Gedanken und Gefühle aus, ohne dass wir auch nur ein Wort darüber verlieren mussten. Ich spürte, wie sich mein Mund zu einem leisen Lächeln verzog und mir ganz heiß wurde vor Glück.

Ich weiß nicht, wie lange wir so dasaßen. Ich kam wieder zu mir, als Shark sich mit einem Ruck plötzlich aufrichtete und rief: »Schau mal, ein Regenbogen!«

In der Tat hatten sich die dunklen Regenwolken in

nichts aufgelöst und über den Häusern zeigten sich die schönsten Farben der Welt: Rot, Orange, Gelb, Grün, Blau, Indigo und Violett ... wie von einem Pinsel in einem großen Schwung hingemalt.

»Unfassbar schön!« Begeistert drückte ich Sharks Hand. Verstohlen musterte ich sie von der Seite. Sie schien wie ausgewechselt, strahlte mit der Sonne am Himmel um die Wette. Ihre Haare waren längst getrocknet, wie immer standen sie zu allen Seiten ab und verliehen ihr ein wildes, ungestümes Aussehen. Einzig ihre karierte Strähne hing noch etwas schlapp herab.

»Komm, das muss gefeiert werden«, rief sie und sprang auf, lief zur Treppentür und war verschwunden. Kurz darauf tauchte sie mit einem Tablett voller süßer Sachen auf, mir lief alleine vom Anblick das Wasser im Mund zusammen. Shark hatte nicht nur irgendwelche Leckereien, sondern von woher auch immer Kuchenspezialitäten aus aller Welt dabei: Baklava, Pastéis de Nata, Focaccia di mandorla, Torta della Nonna, Mandelkuchen, Tarte aux Pommes, Heidelbeer-Clafoutis, Blaubeer-Galette, Apple Pie, White Chocolate Cheesecake, Banoffee Pie, Zimtschnecken, Rharbarber-Pavlova, Thailändische Reistarte und Bananenbrot – es war ein Zuckerfest der Freundinnenklasse und wir schmausten Kuchen um die Wette.

Shark wirkte so glücklich und befreit, wie ich sie schon lange nicht mehr erlebt hatte. Ich konnte gar nicht glauben, dass sie gerade noch ein heulendes Häufchen gewesen war. Aber gerade eben hatte es ja auch wie aus Containern geregnet. Und jetzt war der Himmel knalleblau mit einem wunderbaren Regenbogen, der sich von links nach rechts und von rechts nach links über den Häuserdächern spannte.

»Warum warst du vorhin so traurig?«, wagte ich es dann doch. Ganz ehrlich: Entweder waren wir Freundinnen oder nicht. Entweder erzählte sie mir alles oder nicht. Entweder vertraute sie mir oder nicht.

»Was?« Shark guckte mich an und schleckte sich alle zehn Finger genussvoll hintereinander ab. Sie hatte gerade mit einem Happs eine Baklava verputzt.

Ich schaute sie überrascht an. Litt sie plötzlich unter Gedächtnisschwund?

»Du hast mit dem Himmel um die Wette geweint«, meinte ich leichthin und angelte nach einem Pastéis de Nata. Nach dem Banoffee Pie und den Zimtschnecken hatte ich Lust auf Pudding.

»Hä?« Sharks Haare hatten sich jetzt zu lauter lustigen Locken gekringelt. In ihrem weißen Shirt sah sie aus wie das Sahnebaiser auf einem Tablett.

»Und die rosafarbenen Fische in der Regenrinne, was sollten die?« So schnell ließ ich mich nicht für dumm erklären. Konnte doch nicht sein, dass sie so tat, als sei nichts gewesen. Als hätte sie nicht aufgelöst wie eine Badekugel im strömenden Regen gestanden und geweint. Konnte doch nicht sein, dass ich mich getäuscht hatte.

»Keine Ahnung.« Shark sprang auf und begann, auf dem Dach hin und her zu laufen. Das wäre nicht weiter schlimm und verwunderlich gewesen, wäre sie nicht auf Händen balanciert und zudem immer näher an die Dachkante herangekommen. Ich konnte gar nicht richtig hinschauen. Das Shirt fiel Shark über die Schultern und ob ich es wollte oder nicht, musste ich ihre kräftigen Muskeln bewundern, die bei jedem Schritt über ihren Rücken spielten. Und ihre lilafarbene Unterhose, deren rüschiger Spitzenbesatz fröhlich auf und ab wippte. Shark trug einen türkisen BH, ihre Brüste kugelten beinahe heraus und das sah so witzig aus, dass ich mir ein Grinsen nicht verkneifen konnte. Vor allem, wenn ich an meine Erbsen auf dem Brett, wie Mama sie einmal scherzhaft genannt hatte, denken musste. Die brauchten nämlich weder einen BH noch wippten sie herum. Ein Umstand, der sich hoffentlich noch ändern würde ...

»Achtung! Die Dachkante«, rief ich und hielt den Atem an. Shark war dem Abgrund gefährlich nahe gekommen, hatte in letzter Sekunde aber gerade noch die Kurve bekommen.

»Bingo! Nichts passiert!«, rief sie und sprang rückwärts in die Hocke auf die Füße.

White Chocolate Cheesecake

200g Butterkekse in einen Gefrierbeutel geben und mit einem Nudelholz fein zerkleinern. Dann die Keksstücke mit 100g zerlassener Butter in einer Schüssel vermischen und in einer mit

Backpapier ausgelegten, 24 cm großen Springform verteilen und gut andrücken. Für eine halbe Stunde im Kühlschrank kühl stellen.
In der Zwischenzeit 400 g weiße Schokolade in einem heißen Wasserbad schmelzen und abkühlen lassen.
250 g Mascarpone, 200 g saure Sahne und 200 g Frischkäse in eine Rührschüssel geben und cremig rühren. Die flüssige Schokolade zugeben und ebenfalls gut unterrühren.
Anschließend 200 g Blaubeeren vorsichtig mit einem Teigschaber unterheben.
Die Käsecreme auf den Keksboden geben und den Cheesecake drei Stunden im Kühlschrank fest werden lassen. Zum Servieren mit Blaubeeren garnieren.

Am nächsten Tag strahlte Shark wie die Sonne am Himmel, als wir gemeinsam vom Bus zur Schule liefen. Aus unerfindlichen Gründen hatte sie die allerallerbeste Laune und ich fragte mich, was sie diesmal ausgeheckt hatte. Offensichtlich war es Phil, der sie zur Höchstleistung anspornte. Im Gegensatz zu Pia, Vanessa, Leonie und Michelle, die bis zur Unkenntlichkeit mit Make-up zugekleistert und kaum noch als Pia, Vanessa, Leonie und Michelle zu erkennen waren. Mit knallrot geschminkten Lippen saßen sie dämlich grinsend im Unterricht und klimperten pausenlos hinüber zu Phil.

Shark dagegen schien nach ihrer verzweifelten Aktion gestern endlich wieder die Alte zu sein. Sie trug eine goldgelb geblümte Leggings zu einem schwarzen Rock und ihre karierte Strähne glitzerte in Pink und Lila. Im Matheunterricht lief sie dann zur Höchstform auf. Wir hatten seit dem neuen Halbjahr Mathe bei Mamas Referendar Hendrik, den keiner ernst nahm. Ein Lehrer, der schon in der ersten Stunde Jonas' Frage nach den Rechengesetzen nicht richtig beantworten konnte und das Assoziativgesetz mit dem Kommutativgesetz verwechselte, obwohl darauf Höchststrafe stand, hatte bei uns keine Chance. Manchmal konnten wir wirklich fies sein. Also chatteten und quatschten wir in seinem Unterricht, machten die Hausaufgaben für die anderen Fächer – oder verschliefen mit dem Kopf auf den Händen die 45 Minuten.

Heute wurde es aber spannend, denn Shark verwickelte den armen Hendrik in ein besonderes Gespräch, genauer gesagt behauptete sie Folgendes:

»Ich kann im Term 3 – 5 – 7 – 9 ein Klammerpaar setzen und – 4 erhalten. Setze ich zwei Klammerpaare, kann ich 0 erhalten.«

Daraufhin geriet der junge Referendar sichtbar ins Schwitzen und begann, das Whiteboard vollzukritzeln. Immer wieder schrieb er Zahlen, immer wieder strich er sie durch. Was uns zunächst den Atem raubte und eine witzige Veranstaltung zu werden schien, wurde nach und nach langweiliger, denn Hendrik verbrachte die gesamte Schulstunde damit und fand und fand den Beweis nicht heraus.

Also begann Pia, sich die Lippen nachzuziehen, und Vanessa lackierte ihre Fingernägel neu. Leonie und Michelle stöpselten sich Kopfhörer in die Ohren und tauchten ab in eine Welt voller Musik, ganz ohne Zahlen.

Jonas holte einen Chia-Quinoa-Riegel hervor und knusperte daran herum.

Suzu schlief.

Nur Shark saß kerzengerade auf ihrem Stuhl und verfolgte hoch konzentriert Hendriks Rechenversuche vorne an der Tafel.

Das hier war Schule vom Feinsten. Allerfeinsten. Denn irgendwann, ganz kurz vorm Gong, der den armen Hendrik erlöste, hielt Shark es nicht mehr aus und ging nach vorne an die Tafel. Und Phil schaute ihr gebannt zu, sehr zum Verdruss der anderen, wie ich bemerkte. Ich verzog mein Gesicht. Klar fand er Shark toll, alle bewunderten sie. Aber ein klitzekleines bisschen könnte er mich ja auch beachten, dachte ich.

$$3-(5-7)-9 = 3-5+7-9 = -4$$

$$(3-5)-(7-9) = 3-5-7+9 = 0$$

7

Auf dem Rückweg nahmen wir nicht gleich den Bus, sondern schlenderten noch durch die Stadt. Shark hatte die fabelhafte Idee, uns einen Frozen Yoghurt zu spendieren, und so standen wir keine halbe Stunde nach Schulschluss in dem kleinen Eisladen mit den surrenden Maschinen und pinken Hebeln zur Selbstbedienung.

Die Frau hinter der Kasse musterte uns misstrauisch, als wir den Laden betraten. Vor allem Sharks Aufzug war ihr ein Dorn im Auge, das merkte ich sofort an der Art, wie sie die Stirn runzelte, als sie ihre karierte Strähne bemerkte.

»Ich weiß gar nicht, was ich nehmen soll ...«, murmelte ich und griff nach einem Becher, um mir den gefrorenen Joghurt einzufüllen. Vanille, Mango oder Erdbeere?

»Am besten alle!«, meinte Shark lässig und begann, sich aus allen Zapfhähnen Becher mit je einem Klacks zu nehmen.

»So ist das aber nicht gedacht, junge Dame!«, rief die Kassenfrau zu uns herüber, offensichtlich froh darüber, endlich einen Grund zum Meckern gefunden zu haben.

»Die sind alle so lecker, wir können uns nicht entscheiden!«, versuchte ich es mit einer beschwichtigenden Bemerkung und lächelte sie an. Aber weil sie keine Anstalten machte, uns unseren Testerspaß zu gönnen, sondern weiterhin herumzeterte, fing Shark – natürlich! – erst recht an, sich sehr langsam und ausführlich durch sämtliche Geschmackssorten zu testen. Dabei pfiff sie vergnügt vor sich hin, ignorierte die Frosteis-Lady kompletto und spätestens jetzt knisterte es in der Eisbude an jeder Ecke, dass die Kanister beinahe explodierten.

Oha, das hier ging nicht gut, das spürte ich ganz genau. Neidisch schielte ich auf Sharks Becher, in dem sich die unterschiedlichsten Toppings türmten – Smarties, Kokosflocken, Mangostücke, Krokant, Pistazien, Ananas, Baiser, Schokotröpfchen –, traute mich selbst aber nicht weiterzumachen, sondern stellte meinen Becher einfach wieder zurück.

Shark hatte mittlerweile bis zum letzten bunten Zuckerstreusel alles ausprobiert und machte Anstalten, ordnungsgemäß ihren gigagigantisch großen Becher wiegen zu lassen und zu bezahlen. Dabei lächelte sie ihr strahlendstes Shark-Lächeln, dass der gefrorene Joghurt nur so dahinschmolz. Die Eisfrau besann sich endlich auf ihren Job und vielleicht wäre doch noch alles gut gegangen, wäre in diesem Augenblick nicht Özge in den Laden gestürmt gekommen. Sie wirkte gehetzt, setzte sich atemlos auf einen der herumstehenden Stühle und machte keine Anstalten, sich ein Eis zu kaufen. Im Gegenteil: Özge zückte ihr Smartphone, wählte eine Nummer und wechselte dann ein paar sehr laute und hektische Worte auf Türkisch. So laut und energisch, dass selbst Shark erschrocken in ihrer Bewegung innehielt.

Und dann redeten wir alle gleichzeitig.

»Ist was passiert?«, fragte ich.

»Das ist hier nur für deutsche Kunden«, schnauzte die Eisfrau.

»Hier, magst du?« Shark hielt Özge den Becher hin.

Es klang wie in einem schlechten Konzert. Nach Kackkakophonie.

Statt eine Antwort zu geben, schüttelte Özge nur stumm den Kopf, die Eisfrau zeterte und zeterte weiter, von wegen »das hier sei kein Basar und mit Kamelen könne man hier auch nicht bezahlen«. An Özges Stelle wäre ich sofort aufgestanden und gegangen, aber sie saß nur einfach stumm und schweigend da, offensichtlich wartete sie auf wen. Die unfreundlichen Worte prallten einfach an ihr ab.

Shark dagegen bekam einen knallroten Kopf, sie glühte förmlich durch vor Empörung und ich konnte spüren, wie die Temperatur im Raum immer höher und höher stieg. Aus den Zapfhähnen tropfte flüssiger Joghurt, die Schokolade schmolz und die Mangostücke köchelten zu Kompott. Der Eisfrau standen Schweißperlen auf der Stirn, das Display ihrer Waage funktionierte nicht mehr und zeigte die irrwitzigsten Zahlen, drei Tonnen, vierhundert Nanogramm, dreißig Kilo.

Aus Sharks Ohren krochen jetzt feine Rauchkringel, noch wütender konnte sie überhaupt nicht sein, wie sie mitten in dem gekachelten Laden stand, hitzig angeschwollen auf die dreifache Größe, glühend wie ein Heizkörper in XXL, fauchend wie Frau Mahlzahn.

Ich zog erschrocken den Kopf ein. Özge dagegen schien nicht mal zu bemerken, dass auch die Eisfrau vor Wut ebenso glühte wie ihre Waage, deren Metall mittlerweile leicht durchgebogen war. Ich öffnete möglichst unauffällig meine Jacke, denn mir war schrecklich heiß.

»Komm, beruhige dich, es ist doch nichts passiert«, meinte ich und zupfte Shark beschwichtigend am Ärmel. »Autsch!« Erschrocken pustete ich über meine Finger. Ich hatte nicht gewusst, dass ich Topflappen brauchte, um meine Freundin anzufassen. Augenblicklich wuchs eine fiese Brandblase auf meinem Daumen.

Mittlerweile hatte sich Shark vor der Eisfrau aufgebaut und starrte ihr ins Gesicht, sie wirkte wie eine aufgepustete Luftballonfigur, die bedrohlich hin- und herschwankte. Selbst mir, die ich meine Freundin so gut kannte und wusste, sie würde keiner Fliege etwas zuleide tun, flößte sie in diesem Augenblick Angst ein.

Die Eisfrau dagegen zeigte sich kein bisschen beeindruckt, sie blieb kalt und unnahbar. Im Gegensatz zu ihren Geräten in dem kleinen Laden, die jetzt Tango tanzten.

»Komm, gehen wir, das hat doch keinen Sinn«, wagte ich einen zweiten Versuch. »Gegen rassistische Verbohrtheit hast du keine Chance.«

»Ach ja?« Mit einem Ruck drehte sich Shark zu mir um und funkelte mich wütend an, sie kochte innerlich auf mindestens tausend Grad Celsius. Özge hatte sich unterdessen aufgerichtet und verfolgte jetzt doch gespannt unseren Dialog.

»Und deswegen dürfen Menschen wie sie die unglaublichsten Dinge sagen? Nein, nicht mit mir!« Dann drehte sich Shark wieder zu der Eisfrau um. Mit jedem ihrer folgenden Worte schrumpfte sie wieder mehr und mehr auf ihre normale Shark-Größe zurück. Sie sprach ganz leise.

»Alle Menschen sind gleich, egal, welche Hautfarbe sie haben, welcher Religion sie angehören, welche sexuelle Orientierung sie besitzen, welche Traditionen sie pflegen, welche Interessen und Hobbys sie haben. Oder möchten Sie hier rausgeschmissen werden, nur weil sie einen Thermomix besitzen und ihren Teig nicht selber kneten?«

Die Eisfrau guckte erschrocken und ich dachte, upsi, Shark will die doch jetzt nicht etwa wegen dieser Küchenmaschine dissen. Woher wusste sie das überhaupt? Und wie kam sie auf diese absurde Idee? Aber offensichtlich funktionierte dieser sehr, sehr simple Vergleich, denn die Eisfrau schien ernsthaft darüber nachzudenken, ob sie jetzt eine Partei der Thermomixer*innen gründen wollte oder lieber für Özge einen Becher Frozen Yoghurt hinstellte. Wahrscheinlich denkt sie noch heute darüber nach.

Shark jedoch fackelte nicht lange, sondern fasste mich links und Özge rechts an der Hand und zog uns einfach aus dem Laden. So rannten wir so schnell wir konnten nach Hause.

Auszug aus dem Grundgesetz für die Bundesrepublik Deutschland:

Artikel 3

(1) Alle Menschen sind vor dem Gesetz gleich.

(2) Männer und Frauen sind gleichberechtigt. Der Staat fördert die tatsächliche Durchsetzung der Gleichberechtigung von Frauen und Männern und wirkt auf die Beseitigung bestehender Nachteile hin.

(3) Niemand darf wegen seines Geschlechtes, seiner Abstammung, seiner Rasse, seiner Sprache, seiner Heimat und Herkunft, seines Glaubens, seiner religiösen oder politischen Anschauungen benachteiligt oder bevorzugt werden. Niemand darf wegen seiner Behinderung benachteiligt werden.

Vor unserem Haus im Möbiusweg lungerte wie immer der Pistorius herum, als wir atemlos die Straße entlangkamen. Wir sprachen kein Wort, auch wenn mich die

Neugier unter dem Bustier plagte und ich mich fragte, warum Özge vorhin so panisch in den Eisladen gestürmt war. Shark dagegen pfiff fröhlich vor sich hin, es fehlte nicht viel und sie wäre wieder auf den Händen gelaufen.

»Der kommt mir gerade recht«, murmelte ich und machte mich innerlich auf die nächste Auseinandersetzung mit dem ollen Stänkerer gefasst. Doch zu meiner Überraschung ließ er uns stillschweigend an sich vorbei.

Zu früh gefreut. Nachdem Özge grußlos in ihrer Wohnung verschwunden war und Shark freudig von Pepper begrüßt wurde, musste ich noch mal hinunter an die Mülltonnen, als Tochter hat man ja so seine Aufgaben. Und da passierte es:

»Junge Dame, können Sie lesen?«, pflaumte mich der Pistorius an.

»Äh, ja …?!«, ging ich dummerweise auf seine Frage ein.

»Na, und warum kippst du dann den Restmüll in die Biotonne?«

»Äh …« Schnell schaute ich unter dem grünen Deckel nach. Tatsächlich, ich hatte mich vertan.

»Kann ja mal vorkommen«, versuchte ich, mich zu verteidigen, und überlegte, wie ich ohne Ekelanfall die Tüte aus der Kaffesatz-Bananenschalen-Nudel-Matsche fischen könnte.

»Kann es nicht.«

»Kann es doch«, hörte ich da eine mir bekannte Stimme sagen.

»Die Mülltonnen stehen heute nämlich in einer anderen Reihenfolge als sonst.« Es war Elyas, der mit einer Tüte voller Plastikmüll zu uns in den Hinterhof getreten war.

»An deiner Stelle wäre ich ja ganz still. Einer wie du hält sich da am besten raus«, meckerte der olle Pistorius weiter und ich dachte, oh wei, der war ja heute schlimmer denn je unterwegs. Wenn er jetzt auch noch den armen Elyas auf dem Kieker hatte, dann gute Nacht.

Elyas neben mir atmete tief durch. Verstohlen musterte ich ihn von der Seite und bemerkte, dass er sich sichtlich bemühte, ruhig zu bleiben und nicht die Fassung zu verlieren. Seine dunklen Augen wirkten unruhig und aufmerksam zugleich, die Haare fielen ihm ins Gesicht.

Obwohl wir, seit wir denken konnten, gemeinsam unter einem Dach in dem Haus im Möbiusweg wohnten, hatten wir nie sonderlich viel miteinander zu tun gehabt. Selbst damals nicht, als ich mit Özge gemeinsam zur Grundschule ging und wir so etwas wie Freundinnen waren. Im Gegenteil. Er hatte immer jede Gelegenheit dazu genutzt, mich zu piesacken, mir Beinchen zu stellen, den Ranzen wegzunehmen und solche Spielchen. Nur einmal hatte er mich beinahe ritterlich gegen andere Kinder verteidigt, da hatten wir noch Windeln um und spielten im Sandkasten. Warum genau, habe ich vergessen, ich kannte diese Geschichte nur aus den Erzählungen meiner Mutter. Seit einiger Zeit jedoch tauchte Elyas immer wieder mal in meiner Nähe auf. Wie neulich beim Bäcker, als er mir mit Kleingeld ausgeholfen hatte, weil ich ohne Portemonnaie unterwegs war. Oder als er im Bus auf dem Trittbrett in der Lichtschranke gewartet hatte, als ich in letzter Sekunde angeflitzt kam, weil ich Oskar noch Äpfelchen ins Müsli schnippeln musste. Oder so wie jetzt, wo es der Pistorius aus unerfindlichen Gründen auf mich abgesehen hatte. Eigentlich war er total nett.

»Okay, Sie haben recht. Linn hat sich vertan, das tut ihr leid. Geben Sie uns die Gelegenheit, den Schaden wiedergutzumachen?« Elyas lächelte ihn freundlich an, drückte mir seine Plastik-Plastiktüte in die Hand und machte sich daran, in die Biotonne zu steigen.

Bewundernd schaute ich ihm zu. Genauer gesagt sprang er elegant mit einem Satz hinein, fischte nach der Tüte und stand keine Sekunde später wieder grinsend vor mir. Dann zählte er demonstrativ die Tonnen ab – Papier, Gelber Sack, Restmüll –, um dann alles ordnungsgemäß in der Restmülltonne zu entsorgen. Freundlich lächelnd griff er dann nach dem Plastiksack in meiner Hand und kurz darauf war auch dieser Müll Geschichte.

Zufrieden nickte mir Elyas zu und verschwand ohne ein weiteres Wort im Hintereingang.

Dem Pistorius verschlug es glatt die Sprache.

»Hey, warte«, rief ich und rannte Elyas hinterher.

Vor seiner Wohnungstür hatte ich ihn endlich eingeholt.

»Was ist denn? Hab ich schon wieder was falsch gemacht?« Er drehte sich zu mir um, sein Lächeln wirkte unsicher. Aber auch sehr ... charmant.

»Nein. Ich wollte mich bei dir bedanken ...« Verlegen grinste ich ihn an.

»Schon okay ...« Er wiegelte ab und hielt die Hände in die Luft.

»Okay ...«

Dann standen wir im Hausflur herum und wussten nicht, was wir sagen sollten.

»Geht es Özge besser? Sie wirkte vorhin so ... gehetzt.«

Sofort verfinsterten sich seine Gesichtszüge. »Ja«, antwortete er nur knapp, bevor er mit einem »Ich muss mal Hände waschen« in der Wohnung verschwand, ohne Tschüss zu sagen.

Verdattert starrte ich die Tür an. Da hatte ich wohl etwas Falsches gesagt.

Drinnen hörte ich, wie er nach seiner Schwester rief, aber dann verstand ich nichts mehr, weil sie auf Türkisch miteinander diskutierten. Erst leise, dann immer lauter, bis ihre Mutter dazwischenfunkte und sie offensichtlich ermahnte. Denn dann war Ruhe. Gespenstische, unheimliche Ruhe.

Seufzend wandte ich mich ab, ich hatte ebenfalls dringend das Bedürfnis, mich zu waschen. Ich war zwar nicht in der Tonne gewesen, aber die letzten Stunden mit ihren unerfreulich schmutzigen Bemerkungen klebten unangenehm an mir. Sie stanken nach Fremdenfeindlichkeit und Intoleranz, nach Ausländerhass und Ausgrenzung. Was immer Özge erlebt hatte und wovor sie Angst gehabt hatte, es roch nicht gut und ich hätte ihr gerne geholfen. Shark hatte noch mal das Schlimmste von ihr abgewendet, aber das war nur für den einen Moment gewesen.

Schon verrückt, dachte ich, während ich langsam die Treppen hoch in unsere Wohnung lief. Shark verteidigte Özge vor ausländerfeindlichen Sprüchen und ausgerechnet Elyas hatte mich vor dem Pistorius gerettet. Dabei war der ganz sicher auch kein Freund der türkischen Familie. Wie sehr ich mich in ihm täuschte, sollte ich erst später noch erfahren.

Unter der Dusche ließ ich das Wasser minutenlang auf mich prasseln und versuchte, all die unschönen Erlebnisse des Nachmittags wegzuspülen. Nach einer leckeren Portion Süßkartoffeln mit Kräuterdip fühlte ich mich dann auch endlich in der Lage, mich um meine Hausaufgaben zu kümmern, was sich genauso langweilig gestaltete, wie es sich anhört. Nicht nur deswegen schweiften meine Gedanken ständig ab. Als ich mir mit geschlossenen Augen die Haare einschäumte, sah ich immer wieder Elyas in der Mülltonne vor mir und wie er so süß grinsend vor mir stand ...

Die Menschen haben gelernt, wie Vögel zu fliegen und wie Fische zu schwimmen, aber sie haben nie die einfache Kunst der Brüderlichkeit gelernt.
(Martin Luther King)

8

Am nächsten Morgen erwartete mich ein riesiges Chaos, als ich meinen Klassenraum betrat. Alle riefen wild durcheinander, schrieben Listen oder scrollten auf ihren Smartphones herum. Pia, Vanessa und Leonie umringten Phil, der heute ganz schwarz angezogen war, seine trainierten Muskeln spannten unter seinem Shirt. Jonas und Suzu hatten sich über ein Lexikon gebeugt und diskutierten eifrig miteinander. Keiner saß auf seinem Platz, nur Shark thronte wie Buddha auf einem Tisch, sagte aber kein Wort.

»Was ist los?«, fragte ich sie. Von Hendrik, der uns jetzt eigentlich in Mathe unterrichten sollte, fehlte jede Spur.

»Och«, meinte sie nur und grinste in sich hinein.

»Jetzt sag schon: Hast du hitzefrei gezaubert oder allen eine Eins verpasst?«

»Viel besser!« Mit einem Satz sprang Shark in den Handstand und marschierte zu Tür hinaus, wo sie beinahe mit meiner Mutter zusammengestoßen wäre. Was hatte die hier zu suchen?

»Wo steckt Hendrik, äh, Herr Petersen?«, rief sie, schüttelte über Shark den Kopf und staunte über den Trubel. Augenblicklich hielten alle in ihrer Bewegung inne. Auch wenn meine Mutter in jüngster Zeit im Ranking der unbeliebtesten Lehrerinnen und Lehrer aufgestiegen war, bedeutete das noch lange nicht, dass man vor ihren strengen Ansagen sicher war.

»Den haben wir hier heute noch nicht gesehen«, antwortete Jonas beflissen wie immer.

»Und warum sitzt ihr dann nicht an euren Arbeitsaufträgen?« Spätestens jetzt war es mucksmäuschenstill im Klassensaal geworden. Jeder war an seinen Platz gehuscht, auch der coole Phil, bis gerade eben noch der Magnet der Mädchen.

Schnell setzte ich mich auf meinen Stuhl, lauter Fragezeichen im Gesicht. Irgendetwas Entscheidendes hatte ich da wohl nicht mitbekommen. Das hatte ich jetzt davon, dass ich nicht im Klassenchat angemeldet war.

»Wir machen eine Klassenfahrt«, raunte mir Suzu zu, nachdem meine Mutter ebenso schnell wieder verschwunden wie sie aufgetaucht war, »und zwar ans Wildwasser!« Aufgeregt tuschelte sie wieder mit Jonas, der weiterhin eifrig seinen Lexikonartikel studierte.

»Na, super«, murmelte ich vor mich hin. »Mit so einer Reiseleitung kann ja nichts schiefgehen!«

»Stimmt«, hörte ich da eine Stimme hinter mir. Überrascht drehte ich mich um und schaute in die dunkelsten Wildwasseraugen, die ich je gesehen habe. Mal abgesehen von Sharks, die genauso intensiv und tiefgründig blicken konnten wie die von Phil.

Ich spürte, wie ich knallrot anlief. Zwar konnte ich mich nicht im Spiegel sehen, aber ich fühlte mich wie eine angeschaltete Herdplatte. Rot, röter, am rötesten glühte ich auf. Ich schluckte und wusste vor Verlegenheit nicht, was ich sagen sollte. Deswegen nickte ich nur kurz und wendete mich dann wieder meinen Schulsachen zu. An den Arbeitsauftrag war jedoch nicht zu denken, ich spürte Phils bohrenden Blick wie einen Laserstrahl in meinem Rückenausschnitt. Heute trug ich mein *Rebel-Leaves*-Shirt, und zwar das mit den gekreuzten Trägern.

Wie froh war ich, als mich endlich der Pausengong erlöste und ich auf der Mädchentoilette verschwinden konnte. Himmel, warum schaute der mich nur so an? Und warum irritierte mich das so? Während ich auf dem Klodeckel saß und darüber nachdachte, warum ich plötzlich von allen Seiten Kommentare von Jungs einheimste – Jonas, Elyas, Paul, Phil –, füllte sich der Toilettenraum und ich hörte die Stimmen von Pia, Vanessa, Leonie und Michelle durcheinanderschwirren.

»Das wird eine coole Klassenfahrt!«, jauchzte Pia.

»Fünf Tage nonstop Phil!«, jubelte Vanessa.

»Der ist sooo süüüüüß!«, kam es von Leonie.

Ich hörte, wie sie in ihren Taschen kramten. Deoflaschen sprühten, Haare wurden gekämmt, vielleicht auch ein Lidstrich nachgezogen.

»Soll ich euch mal ein Geheimnis verraten?«, fragte Vanessa.

»Schieß los!«

»Ich glaube, Shark ist auch in ihn verknallt!«, meinte sie.

»Was?!«, kam es unisono von den anderen. »Die und verknallt? Die liebt doch nur sich selbst ...«

»Was?!«, flüsterte auch ich in meiner engen Klokabine vor mich hin. Shark sollte verliebt sein? Ausgerechnet in Phil?! Deswegen verhielt sie sich so seltsam. Ich konnte es gar nicht glauben. Doch je länger ich darüber nachdachte, desto mehr leuchtete mir Vanessas Behauptung ein. Hatte sie nicht wie elektrisiert reagiert, als sie Phil zum ersten Mal begegnet war? Und lief sie nicht seitdem immer in besonderen Klamotten herum? Sogar auf Händen, um auf sich aufmerksam zu machen?

Ich schluckte und schloss für einen Moment die Augen. Sofort sah ich Phil vor mir und wie er mich vorhin so süß angelächelt hatte. Ein breites Grinsen huschte über mein Gesicht, ob ich es wollte oder nicht. Der Typ hatte was, das musste ich zugeben. Aber wenn Shark in ihn verliebt war, war er für mich tabu, so viel war klar. Warum eigentlich genau, wusste ich nicht, aber in Mamas Rosamunde-Pilcher-Filmen war es immer so: Wenn eine einen liebte, durfte die Freundin den nicht auch lieben, selbst wenn er sie zurückliebte. Es wurde dann immer sehr tränenreich und kompliziert. Was für ein Gefühlschaos! Besser erst gar nicht in den Freund der Freundin verlieben!

Schnell sprang ich vom Klodeckel, drückte die Spülung und ließ mir dann stundenlang kaltes Wasser über Hände und Arme laufen, bis ich mir sicher sein konnte, sämtliche Gefühlsregungen in mir eingefroren zu haben. Scheißegal, dass mich Pia, Vanessa, Michelle und Leonie erschrocken anguckten und dachten, ich hätte mich verbrannt oder noch schlimmer: geritzt. Noch egaler, dass Shark in diesem Moment das Mädchenklo betrat, um sich vor dem Spiegel die Lippen nachzuziehen. Am egalsten, dass mir vor Verwunderung die Spucke wegblieb.

»Komm, wir haben hier nichts mehr zu suchen«, sagte ich und zog sie energisch vor die Tür. Pia hatte angefangen, hinter Sharks Rücken über sie abzulästern – über ihre unmöglichen, strohigen Haare, über ihre Pickel im Gesicht. Und über ihre dicken Beine, die sie in diese schrecklichen Leggings quetschte. Dabei war ich es doch, die in den letzten Wochen um einiges gewachsen war und zugelegt hatte.

»Hey, verdirb mir nicht den Spaß«, meinte Shark und schüttelte meine Hand ab. »Ich wollte doch wissen, was für ein Fehlermädchen ich bin ...«

»Du bist witzig! Ich habe das echt nicht nötig, mir das anzuhören«, schnaubte ich. »Seit wann bist du denn so drauf? Schminkst dich, stylst dich? Ich dachte, es wäre dir egal ...«

»Ach, komm schon, Linn. Sei keine Spielverderberin!« Shark schüttelte ihren Kopf so energisch, dass ihre wilden Haare sich ganz lang machten und platt an ihrem Kopf anlagen. Sie wirkte grazil und hübsch wie nie, genauer gesagt: Sie sah gar nicht mehr wie Shark aus. Ich fragte mich, was sie wohl gefrühstückt hatte. Ausnahmsweise kein Himbeereis mit Brausestäbchen, sondern einen mit Orangensaft getränkten Wattebausch?!

»Nö«, antwortete ich. »Nicht mit mir.« Und mit diesen Worten ließ ich sie einfach stehen. Ich kam mit dem Denken überhaupt nicht hinterher, mit dem Fühlen erst recht nicht.

Du bist schön, wunderbar gemacht, deine Lippen, deine Augen.
Du brauchst kein angemaltes Gesicht, um jemand anders zu sein, die aussieht wie jede.
Du bist wunderbar gemacht, schön mit Haut und Haar.
Du brauchst keine blond gefärbten Haare, um dem Schönheitsideal zu entsprechen.
Keine schmale Taille, keinen durchtrainierten Körper, um kurze Röcke wie alle tragen zu können.
Du bist wunderbar gemacht, schön bis in die letzte Zelle deines Körpers.
Du brauchst keine vergrößerten Brüste, um in Körbchen D zu passen.
Du bist perfekt so, wie du bist. Wunderschön.
Einfach du.

Die nächsten Tage in der Schule waren gelinde gesagt die schlimmsten meines Lebens. Und das, obwohl ich eigentlich durch Marie-Özge-Katharina-Mobbing-Attacken gestählt war.

Nicht, weil ich eine Arbeit nach der anderen nach dem nächsten Vokabeltest schrieb.

Nicht, weil mich die Okarina, unsere Musiklehrerin, als Hauptdarstellerin für ihr selbst geschriebenes Musical engagieren wollte.

Und auch nicht, weil wir im Sportunterricht die Stange hochklettern mussten, was mir ein seltsam-irritierendes Kribbeln zwischen den Beinen verursachte.

Nein, es war Phil, der mir mit seinen Blicken Löcher ins Herz brannte, dass ich glaubte, als Sieb sterben zu müssen. Denn nachdem ich am letzten Sonntag mit Mama bei Pfefferminzplätzchen und Aprikosensaft einen Herz-Schmerz-Liebesfilm geschaut hatte, war mir endgültig klar geworden, dass diese schmachtenden Blicke nur eins bedeuten konnten: Er hatte sich in mich verliebt. Und so, wie mein Bauch kribbelte, wann immer ich ihm begegnete, war klar: ich mich auch in ihn. Aber deswegen wollte ich nicht sterben, das wäre doch auch viel zu blöd gewesen. Das Schlimme für mich war: Offensichtlich fand er mich gut – aber meine beste Freundin und die anderen Mädchen in meiner Klasse nicht, denn die ignorierte er vollkommen.

»Willkommen im Club«, murmelte ich scherzhaft meinem Spiegelbild zu, wenn ich mich für die Schule zurechtmachte, denn seit gestern probierte ich es auch mit Wimperntusche. Pia, Vanessa, Leonie und Michelle klimperten um die Wette, wenn sie Phil sahen, und Shark seit Neustem ja auch. Sie hatte sich total verändert! Schien sie anfangs Phil noch auf Teufel komm raus aus dem Weg gehen zu wollen, legte sie es jetzt drauf an, so oft wie möglich in seiner Nähe zu sein.

Ich verstand die Welt nicht mehr!

Aber es kam noch übler. Nachdem ich wieder einmal einen langen Schultag überlebt hatte, Phils Blicken und Pias Bemerkungen ausgewichen war, empfing mich zu Hause ein total aufgelöster Oskar. Heulend saß er in der Küche auf seinem Spezialstuhl, als kleiner Mensch besaß er eine Reihe solcher Hilfsmittel, die ihm das Leben leichter machen sollten.

»Hey, was ist los?«, versuchte ich, den Grund dafür herauszufinden, und legte ihm tröstend die Arme um die Schulter. »Sind deine Guppys krank? Läuft deine Briefchenagentur nicht?«

Doch statt einer Antwort zog er nur lautstark die Rotze hoch, die ihm beim Heulen aus der Nase gelaufen war.

»Jetzt sag schon, sonst kann ich dir nicht helfen!« Ich angelte nach einem Glas Wasser und setzte mich neben ihn. Oskar hatte immer mal wieder *diese* Momente, in denen für ihn alles doof war. Angefangen bei Schmerzen in seinen verhunzten Knochen über Bauchkrämpfe von den Proteinshakes, die er manchmal nicht so gut vertrug, hin zu dem Frust, den er oft hatte, wenn er nicht so mitflitzen und -toben konnte wie seine Kumpels aus der Klasse. Oskar hatte wenige Freunde, mit den meisten Jungs konnte er nicht so viel anfangen oder sie mit ihm nicht. Denn Oskar war nicht nur wegen seiner Kleinwüchsigkeit eine Marke für sich, er konnte einem mit seiner dauernden Fragerei und Besserwisserei auch grässlich auf den Senkel gehen. So was musste man erst mal aushalten.

Aber als große Schwester eines etwas zu klein geratenen Bruders hatte ich keine Wahl. Und so saß ich jetzt vor ihm und versuchte herauszufinden, weshalb er so am Boden zerstört war.

Die einfachste Methode, um Oskar aufzuheitern, waren »filosofische« Sprüche. Meistens kringelte er sich vor Lachen auf dem Boden und vergaß seinen großen Allesschmerz, wenn man Fragen wie diese stellte: »Was passiert, wenn man sich zweimal halbtot lacht?« oder »Sind Neurochirurgen auch in ihrer Freizeit Nervensägen?« oder »Warum scheint tagsüber die Sonne, wenn es sowieso hell ist?« oder »Kann man nachdenken, ohne je eine Sprache gelernt zu haben?« oder »Sind Brecheisen aus Diebstahl?«

Doch so sehr ich mich auch anstrengte, mich verausgabte, die verrücktesten Hirnaushänger zum Besten gab, Sprachverrenkungen anstellte, Oskars Miene blieb wie versteinert. Keine Chance, ihn auch nur einen Pups aufzuheitern.

To-do-Liste:

- Vor dem Standesamt einer Braut zurufen: Ich werde dich immer lieben!
- Mit einem Grillhähnchen zum Tierarzt gehen und fragen, ob es noch zu retten ist.
- Aufs Dach klettern, Ziegelsteine runterwerfen und die Melodie von Tetris summen.
- Mit einem weißen Kittel im Supermarkt stehen und sagen: Schön, dass so viele an unserem Experiment teilnehmen.
- Vanillepudding in ein Mayoglas füllen und vor den Augen anderer auslöffeln.
- Im Bus die Leute fragen, ob es normal ist, dass man beim Duschen immer nasser wird.
- Einem Papagei den Satz beibringen: Hilfe, ich wurde in einen Vogel verwandelt.

9

Oskar, was ist passiert?«, fragte ich nun ernsthaft besorgt. Ich kniete vor ihm und fasste ihn an den Schultern. Jetzt erst bemerkte ich, dass er die ganze Zeit geweint haben musste. Alarmiert musterte ich ihn aufmerksam von oben bis unten. In letzter Zeit wirkte Oskar öfters so verstört und in sich gekehrt. Was war da los?

»Hast du Schmerzen? Hat dich jemand beschimpft? Hast du Stress wegen der Briefe? Bitte, Oskar, du musst mit mir reden, sonst kann ich dir nicht helfen!« Flehentlich redete ich auf meinen Bruder ein. »Oder hat dir etwa jemand wehgetan?«

Zu meinem Entsetzen brach Oskar jetzt erst recht in Tränen aus, verzweifelt schlug er die Hände vor sein Gesicht. Hilfe, da hatte ich mit meiner Bemerkung voll ins Schwarze getroffen!

»Wer war es?«, hakte ich nach, innerlich zur Dino-Walfisch-Tigerin wachsend. Oskar hatte schon so viel durchlitten, bitte nicht auch noch jemand, der ihn piesackte. Oder ihm gar Gewalt antat.

Das Schlimmste ahnend, versuchte ich gar nicht, weiter in Oskar zu dringen. Meine Hirnzellen arbeiteten fieberhaft und überlegten, was zu tun sei. Mama informieren. Herausfinden, was los war. Oskar trösten, hämmerte es in meinem Hirn. Das stand an allerallererster Stelle.

»Das wird schon wieder, alles halb so schlimm«, redete ich beruhigend auf ihn ein. Ich hatte ihn auf meinen Schoß gezogen und pustete lauter Trostküsschen in seine strubbeligen Haare. Wie leicht mein Bruder war! Und wie klein und verletzlich er plötzlich wirkte, fast wie ein Kleinkind, das ich in den Armen wiegte. Eine unglaubliche Mitleidswelle erfasste mich und nur mit Mühe konnte ich meine Tränen zurückhalten. Es war wieder einer dieser Momente, in denen mir schmerzlich bewusst wurde, dass Oskar sein Leben lang so leicht, klein und zerbrechlich bleiben würde. Im Gegensatz zu mir, deren Hüften runder wurden und der gerade die Brüste wie Popcorn ploppten. Die vielleicht doch noch eines Tages ihre Periode bekam wie all die anderen Mädchen auch. Bei Oskar bestand die Hoffnung, dass er im Laufe der Pubertät vielleicht fünf, zehn oder gar zwanzig Zentimeter zulegen würde, aber niemand wusste es so genau. Und weil Oskar so ein agiles und fröhliches Kerlchen war, das sich trotz seiner Kleinwüchsigkeit nicht unterkriegen ließ, fiel es anderen auch nicht so auf. Nach außen hin wirkte er stabil und kräftig. Aber wie er jetzt an meinem Hals hing und schluchzte, schien er seinen ganzen Schmerz hinauszuweinen.

Irgendwann beruhigte er sich endlich. Nur langsam

löste er sich aus meinen Armen, angelte nach einem Glas Wasser und trank es begierig leer. Dabei rutschte ihm sein Handy aus der Hosentasche.

»Seit wann besitzt du ein Smartphone?« Überrascht hob ich es auf. Ein Blick aufs Display verriet mir den Eingang von zwölf WhatsApp-Nachrichten.

»Seit ...« Abermals kämpfte Oskar mit den Tränen. »Es ist von Rick. Weil ich ihm ... äh, nun ja, warum, musst du nicht wissen.«

»Hat mit deinem Job zu tun?«, mutmaßte ich. »Ist doch cool!«

»Es ist doof.«

»Warum?«

»Weil es doofe Nachrichten bekommt.«

»Das Handy?«

»Klick mal drauf.« Oskar tippte den Code und öffnete das Postfach.

»Nenne mir eine Zahl zwischen 1 und 50. Und dann spielen wir ein Spiel«, las ich. »Ja, und? Klingt doch lustig.«

»Das ist noch nicht alles«, meinte Oskar düster. »Hier, lies das.« Und zu meinem Entsetzen ploppten lauter unmögliche Nachrichten auf.

Vertraue mir, wir spielen ein Spiel ... Beantworte mir folgende Frage ... Dies ist ein Virus ... Verrate mir deinen Akkustand und ich verrate dir deine Aufgabe ...

»Leite diesen Kettenbrief weiter, sonst sterben deine Fische. ... Nicht dein Ernst, oder? Das ist doch alles Quatsch.« Ich schüttele den Kopf und wollte die Nachrichten einfach wegdrücken.

»Nein, halt, stopp!« Oskar hielt entsetzt meine Hand fest. »Das kannst du nicht einfach machen.«

»Hey, mal langsam ... du glaubst doch wohl nicht etwa daran?«

Zu meiner Bestürzung senkte mein Bruder seinen Blick.

»Ein Guppy ist schon gestorben ...«, flüsterte er kaum vernehmlich, eine Träne kullerte über seine Wange.

»Aber nicht, weil du diese Nachricht nicht weitergeleitet hast! Komm schon, Oskar, du bist doch sonst so clever. Wer soll das denn sein, der deine Fische tötet?«

»Du hast diese Nachricht noch nicht gelesen ...« Er scrollte mit zitternden Fingern auf dem Gerät herum und begann, dann mit immer leiser werdender Stimme den gruseligsten Kettenbrief zu lesen, den man sich nur ersinnen konnte.

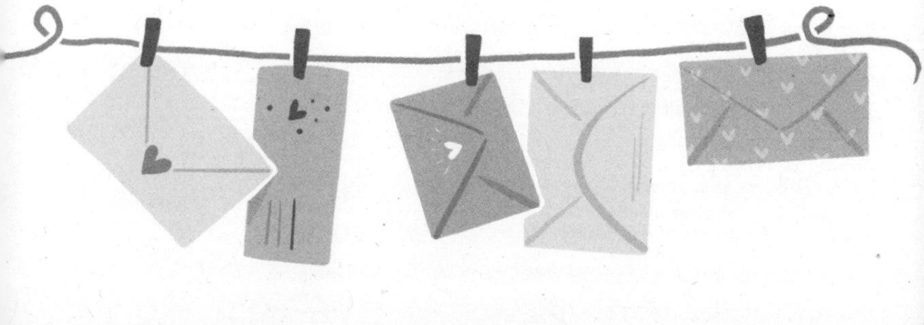

HALLO. BEVOR DU DENKST, DASS DER KETTENBRIEF IST WIE ALLE ANDEREN: FALSCH! DIESER KETTENBRIEF STIMMT. WENN DU DIESEN KETTENBRIEF NICHT AN MINDESTENS 20 KONTAKTE WEITERSCHICKST, WERDE ICH HEUTE NACHT UM PUNKT 24 UHR IN DEINEM ZIMMER AUFTAUCHEN. ICH WERDE VOR DEINEM BETT STEHEN UND DICH DIE GANZE NACHT BEOBACHTEN. DU WIRST MICH SOFORT ERKENNEN. ICH SEHE SCHRECKLICH GRUSELIG AUS UND STINKE NACH MODRIGEM MONSTER. WENN ES DANN HELLER WIRD, WERDE ICH DIR TAGSÜBER NICHT VON DER SEITE WEICHEN UND DICH MIT MESSERN BEWERFEN.
FALLS DU DAS ÜBERLEBST, WERDE ICH IN DER NÄCHSTEN NACHT IMMER NOCH BEI DIR SEIN UND IN EINER ECKE STEHEN ,UND UM 23:58 UHR WERDE ICH DICH ENDGÜLTIG UMBRINGEN. DU WIRST VERBLUTEN, ICH WERDE DEIN BLUT TRINKEN, DEINE KNOCHEN AUFESSEN UND DEIN GEHIRN AUSLUTSCHEN. UND AM NÄCHSTEN TAG BIST DU SCHON LÄNGST TOT, UND DESWEGEN WERDEN DEINE ELTERN DANN AUF EINE BRUTALE UND HARTE WEISE UMGEBRACHT, DANACH DEINE GESCHWISTER UND SO WEITER.
ALSO RATE ICH DIR DRINGEND, DIESEN KETTENBRIEF WEITERZUSCHICKEN!!!

DU GLAUBST MIR NICHT?

ANNE (12) WURDE AM 12.5.17 UMGEBRACHT, WEIL SIE DIE KETTENBRIEFE NICHT ERNST GENOMMEN HAT. »ACH, WAS EIN LANGER KETTENBRIEF, STIMMT EH NICHT UND WERDE ICH SOWIESO NICHT DURCHLESEN.«
EIN FATALER FEHLER, IHRE BLUTVERSCHMIERTE LEICHE FAND MAN IN IHREM BETT.

ALEX (13) VERBLUTETE AM 2.1.18. ER FAND DIESEN KETTENBRIEF ZWAR HART UND HEFTIG, SCHICKTE IHN ABER NUR AN 10 LEUTE WEITER.
PHILIPP (15) STARB AM 23.3.18, WEIL ER DIESEN KETTENBRIEF FÜR QUATSCH HIELT UND NICHT WEITERSCHICKTE.

MIA (12) STARB AM 19.8.18, WEIL SIE SICH ÜBER DEN BRIEF LUSTIG GEMACHT HAT UND IHN EISKALT NICHT WEITERGESCHICKT HATTE. UM 23:58 UHR HÖRTE SIE EINEN LAUTEN KNALL IM SCHRANK, DANN WURDE SIE VON EINER KALTEN HAND ERWÜRGT.

Die letzten Sätze waren nur noch ein leises Flüstern. Mein kleiner Bruder war käseweiß im Gesicht, Schweißperlen standen ihm auf der Stirn. Doch dann raffte er sich noch mal auf und ergänzte: »Weißt du, die gleiche Nachricht habe ich gestern als Sprachnachricht erhalten.

Das war noch viel gruseliger ...« Statt einer Antwort zog ich ihn abermals in meine Arme. Wie konnte ich Oskar bloß trösten? Was würde Shark an meiner Stelle tun? Wer immer sich diese dämlichen Kettenbriefe ausgedacht hatte, wusste gar nicht, was er damit anrichtete! So etwas gehörte weder verbreitet noch gelesen, sondern augenblicklich gestoppt und angezeigt. Nur: Gegen wen sollte man Anzeige erstatten? Diese Sorte Kettenbriefe kursierten immer wieder, mal mit friedvollen, mal mit horrormäßigen Absichten wie dieser hier. Aber immer ohne Sinn und ohne, dass jemals etwas passiert wäre. Weder beschworen sie den Weltfrieden herauf noch verursachten sie Massenmorde in Kinderzimmern ...

»Dir und deinen Fischen passiert nichts, euch ist nichts passiert und euch wird nichts passieren ... Dir und deinen Fischen passiert nichts, euch ist nichts passiert und euch wird nichts passieren ...«, wiederholte ich mantramäßig. »Diese Kettenbriefe hat sich irgendein Scherzkeks ausgedacht, um andere zu ärgern. Am besten löschst du sie alle! Sofort. Auch nur beim geringsten Verdacht. Eine wirklich wichtige Nachricht kommt immer wieder. Und du öffnest auch nie wieder einen Link, den du auf diesem Weg erhalten hast.« Ich seufzte, innerlich dankbar für das Mediencamp, das ich neulich über mich hatte ergehen lassen müssen. »Langweilig«, stand uns allen ins Gesicht geschrieben, wir wussten doch im Gegensatz zu unseren Lehrerinnen und Lehrern viel besser mit der digitalen Welt umzugehen als sie, denen stets das Whiteboard abstürzte.

Oskar nickte stumm. Dann fügte ich noch hinzu:

»Was du nicht gelesen hast, kann dich auch nicht ärgern, stimmt's?« Dieser Satz hätte von Shark kommen können, dachte ich, innerlich ganz schön stolz auf mich.

Ich bemerkte, wie sich Oskar in meinen Armen langsam entspannte, besser: Ich konnte es riechen! Denn er ließ einen fahren, dass selbst ein Tauber seinen Spaß dran gehabt hätte. In ihm arbeitete es, er dachte nach, kombinierte, analysierte ...

»Da bin ich irgend so einem gemeinen Fiesling aber ganz schön auf dem Leim gegangen, was? Und den gibt es gar nicht in echt ...« Oskar löste sich aus meiner Umarmung und putzte sich ausgiebig die Nase. Dabei ließ er abermals einen ziehen.

»Sagen wir mal so: Er hätte gegen dich keine Chance!«

Da musste Oskar zum ersten Mal an diesem Nachmittag grinsen.

Kopfschüttelnd hielt ich mir die Nase zu und öffnete das Fenster. Gegen mich auch nicht, dachte ich, denn wer auch immer Oskar etwas antun wollte, müsste erst mal an mir vorbei.

Shark hörte mir aufmerksam zu, als ich ihr später von den schrecklichen Kettenbriefen erzählte und wie ich meinem kleinen Bruder geholfen hatte.

»Wir müssen Oskar rächen!«, rief sie und war sofort Feuer und Flamme. Ausgerechnet sie, die sonst immer Peace, Love and Happiness predigte. »Jetzt hab dich nicht so«, meinte sie, als sie meinen vorwurfsvollen Blick bemerkte. »Das können wir doch nicht einfach so auf uns sitzen lassen, oder? Kettenbriefkoboldterror! Ohne mich!«

Schon hatte sie ihren Laptop gestartet und tippte mit spitzen Fingernägeln darauf herum. Seit wann besaß meine beste Freundin solche Krallen? Und auch noch in Schlammgrün mit Glitzersternchen darauf? Ich kam gar nicht dazu, mich weiter über ihren Aufzug zu wundern, denn sie textete laut, während sie in die Tasten haute.

Shark kicherte vor Vergnügen, schickte die Mail in den Orbit – und war fast wieder die alte. Ohne künstliche Fingernägel. Mit in die Luft stehenden Haaren und verrückten Leggings an den Beinen, mit @-Zeichen drauf, was sonst.

Das hier geht an alle Kettenbriefkobolde! Bitte so lange weiterleiten, bis alle Ordner zugespamt sind und nie nie nie wieder ein Kettenbrief in Umlauf geht! Aber ihr müsst wissen: Ich leide unter Popelschleim und Fußfusseln, Stresshautschuppen, diversen Warzen, schlechten Klausur- und Examensergebnissen, ansteckendem Außenseitertum, radikaler Jungfräulichkeit und extremer Angst davor, durch einen Starkstromschock an den Zehennägeln exekutiert zu werden, weil ich 50 Milliarden Kettenbriefe nicht weitergeleitet habe. Weil ich die Kette unterbrochen habe, die im Jahre 1010 nach Christus begonnen wurde. Euch allen sei gesagt: Erst wenn der letzte Kettenbrief geschrieben, der letzte Satz verschickt und Empfänger verflucht ist, werdet ihr merken, dass der Sendebutton auch nicht immer funktioniert.

10

Wenn ich aber dachte, Shark und ich wären wieder allerbeste Freundinnen so wie früher, hatte ich mich getäuscht. Sie nahm zwar regelmäßig am Unterricht teil und nervte die Lehrer mit ihren Zwischenrufen, coolen Bemerkungen und den obligatorischen Füßen auf dem Tisch. Auch trug sie wieder ihre üblichen verrückten Leggings und hatte wahlweise Insektenlutscher, saure Schnüre, Popcorn oder Marshmallows zum Frühstück dabei, dass es die anderen in meiner Klasse vor Neid schüttelte.

Aber immer, wenn ich mich mit ihr verabreden oder sie besuchen wollte, hatte sie keine Zeit. Schlimmer noch: Jedes Mal, wenn ich auch einen coolen Spruch riss oder in der Deutschstunde ein Gedicht witzig rezitiert hatte, zog sie sich noch mehr vor mir zurück, als wolle sie mir ständig das Gegenteil beweisen. Welches Spiel spielte sie denn nun schon wieder? Trug ich meinen Silberrock und die türkisen Gummistiefel, die sie mir einmal geschenkt hatte, trug sie am nächsten Tag eine Jeans mit rosafarbenem Shirt. Hatte ich wiederum eine ganz normale Hose an, tauchte sie mit Puschellatzhose und Glitzernagellack auf. Und ich kapierte schnell: Was ich auch machte, Shark verkehrte es immer ins Gegenteil. Nicht nur bei den Klamotten. War ich im Unterricht extrem fleißig und aufmerksam, spielte sie demonstrativ so lange mit ihrem Mäppchen, bis es vom Tisch fiel und sich sämtliche Stifte und Lineale auf dem Linoleumboden verstreuten, alle aufsprangen und ihr beim Einsammeln behilflich waren. Lungerte ich in der Pause mit Jonas hinten an der Tischtennisplatte herum, stolzierte sie im Handstand an mir vorbei und schnappte im Vorüberhändeln nach seinem Dinkel-Hafer-Riegel.

Zu Hause im Möbiusweg ging es dann weiter: Statt Treppe Aufzug, statt Hallo zu Herrn Pistorius Auf Wiedersehen, statt Tür auf, Tür zu, statt Pepper Salt, statt zu mir zu dir. Irgendwann reichte es mir und ich hatte überhaupt keine Lust mehr, Shark zu begegnen, und war froh, wenn mir der Anblick ihrer karierten Haarsträhne erspart blieb. Sie ging mir mit ihrer demonstrativen Anti-Art dermaßen auf den Keks, dass ich sie eines Tages beinahe verpfiffen hätte, als Agnes Przybilla vom Jugendamt bei uns klingelte und wissen wollte, wo denn Sophie Hyazinth Amanda Ricarda Kornelius steckte. Ihr wäre zu Ohren gekommen, dass Sophie in der Schule abgerutscht sei und da die Eltern des Mädchens bisher nicht reagiert hätten, sei sie damit beauftragt worden, nach dem Rechten zu sehen. Sie klingelte immer bei uns, weil wir ihr seiner Zeit erfolgreich weißgemacht hatten, dass unsere supertolle aufgeräumte Wohnung die von Shark und Tilda wäre.

»Shark, äh, Sophie ist in der Stadtbibliothek und lernt für ihr Erdkundereferat«, fiel mir zum Glück die beste Notlüge meines Lebens ein. In Wirklichkeit lungerte Shark ein Stockwerk tiefer in ihrer Hängematte herum und lackierte sich die Fingernägel. »Und ihre Eltern sind gerade unterwegs, um ihr einen 3-D-Drucker zu kaufen, damit sie sich in Zukunft ihre Lehrmaterialien selbst gestalten kann.«

Offensichtlich beeindruckt von diesem Engagement, gab sich die Przybilla mit meiner Antwort zufrieden und zockelte wieder ab. Nicht ohne mir vorher eine Broschüre in die Hand gedrückt zu haben. »Saubere Hände, saubere Bürger« las ich zu meinem Entsetzen. Ich wusste, dass die Jugendamtstante einen Hygienefimmel hatte und ohne ihr Desinfektionsspray nirgendwo hinging. Das mit den gewaschenen Händen predigte sie sowieso von Kindesbeinen an. Aber was das jetzt mit den Menschen zu tun hatte ... Mir kamen sofort die Graffiti und Zeichen an unserer Hauswand in den Sinn, von denen niemand wusste, was sie bedeuteten – und die der Pistorius jeden Tag fluchend beseitigte.

Die Liebe und das Mitgefühl sind die Grundlagen für den Weltfrieden – auf allen Ebenen. (Dalai Lama)

Viel schlimmer waren aber die ausländerfeindlichen Sprüche daneben. Langsam glaubte ich auch nicht mehr an Zufälle, wie Mama und Ole es beim Abendessen abgetan hatten. Oskar hatte sich aufgelöst erkundigt, was denn Worte wie Türkenschlampe und das Kürzel HH zu bedeuten hätten. Da hatte selbst Mama, die sonst nie um Erklärungen verlegen war, nach Worten gerungen und nicht gewusst, wie genau sie das Oskar erklären sollte. Außer eben, dass es Zufall war und nichts mit Topraks zu tun hatte, die ja wohl die nettesten Menschen im Haus waren. Außer Ole und uns natürlich. Und Shark.

Als aber Oskar auf seinem Zimmer verschwunden war – angeblich, um noch Hausaufgaben zu machen, aber ich war mir sicher, er hatte einen lukrativen Auftrag – und ich als brave Tochter des Hauses klappernd die Spülmaschine einräumte, hörte ich, wie sich die beiden unterhielten, ich kapierte aber nicht richtig, wen sie meinten.

»Er ist doch Mitglied in dieser Partei ...«, meinte Ole und angelte sich ein letztes Gürkchen aus dem Glas.

»Aber das hat noch lange nichts zu sagen«, antwortete Mama, wie immer um Ausgleich bemüht.

»Hast du nicht gesehen, wie er in jüngster Zeit immer verbitterter wird? Da ist was im Busch, wenn du mich fragst ...«

Mehr bekam ich von ihrer Unterhaltung nicht mehr mit, denn Mama war mittlerweile aufgestanden und hatte drüben im Wohnzimmer auf dem Sofa Platz genommen und Ole folgte, bewaffnet mit zwei Yogi-Tee-Tassen.

Unausgesprochene Aufforderung an mich, mich ebenfalls auf mein Zimmer zu verziehen und die beiden Turteltauben in Ruhe zu lassen. Doch ich tat ihnen nicht den Gefallen, sondern stellte erst recht meine Lauscher auf Empfang. Räumte so leise wie möglich das Besteck in den Geschirrspüler. Wischte sehr konzentriert und sehr ordentlich den Tisch bis auf den letzten Krümel ab. Sortierte sogar den Müll und das Altglas. Doch leider hörte ich nur noch so Wortfetzen wie »Anfeindungen« und »radikale Äußerungen« und »gefährlich«. Was war da bei Topraks los?, zergrübelte ich mein Hirn und überlegte insgeheim, wie ich Özge bei Gelegenheit mal dazu befragen sollte. Ganz unauffällig natürlich. Ohne dass sie etwas bemerkte. Vielleicht müsste ich sie unter einem Vorwand besuchen ...

Ich wollte gerade zur Tür hinausschlüpfen und Özge nach ihrer Meinung zum neuen Schulleiter unserer Schule befragen, um unter diesem Vorwand mehr über Topraks herauszufinden, da stand Shark vor meiner Nase. Beinahe hätte sie mir ihren Finger in die Nase gedrückt.

»Hey, ich bin doch kein Klingelknopf!«, rief ich kichernd und wehrte ihre Hände ab. »Haste dich wieder eingekriegt?«

Aufmerksam musterte ich ihren Aufzug. Wie sie da so vor mir stand, war jedes Gegenteil aus ihren Klamotten verschwunden. Karierte Strähne, Emoji-Leggings zur kurzen Shorts – und zu meiner Überraschung ein Longboard unter dem Arm.

»Wollte dich abholen«, meinte sie und, ohne meine Antwort abzuwarten, zog sie mich an der Hand die Treppe hinunter hinaus auf die Straße. Dort hüpfte sie mit einem Satz auf das Board und rollerte los.

»Nicht dein Ernst jetzt, oder? Von wegen abholen!« Amüsiert schüttelte ich den Kopf. Das war typisch Shark! Ich joggte ihr locker hinterher, aber sie flitzte so schnell davon, dass ich sie bald aus den Augen verloren hatte.

Aber Shark konnte nur eine Richtung eingeschlagen haben: am Park vorbei hinunter zum Fluss auf die Uferpromenade, wo der Fußgängerweg gut ausgebaut war und man ungestört lospesen konnte. Ich konnte nur hoffen, dass Mama vor lauter Ole meine Abwesenheit nicht bemerken würde. Sonst gäbe es bei meiner Rückkehr ein fürchterliches Donnerwetter, weil ich zu später Stunde noch unterwegs war. Aber erstens war ich alt genug, haha, zweitens waren ziemlich viele Menschen unterwegs, drittens war alles gut beleuchtet, also konnte mir überhaupt nichts passieren. Und viertens war Shark auch noch da. Die kam mir jetzt nämlich freudestrahlend auf dem Board entgegen, hechelte wie ein Hund, der sein Stöckchen wiedergefunden hatte und schubste mir mit einem Kick das Longboard vor die Füße.

»Hier, jetzt du!«

»Oh, ich weiß nicht ...« Unsicher schaute ich sie an. »Ist das nicht furchtbar wackelig?«

»Ist es schon. Aber wenn du es nicht ausprobierst, kannst du es nicht selbst herausfinden. Komm, trau dich!«

Das klang logisch. Also schwang ich mich mit ihrer

Hilfe auf das Holzbrett und wagte ein paar unbeholfene Schwungversuche. Immer wieder rutschte ich ab, immer wieder sprang ich auf und versuchte es aufs Neue.

»Und?« Shark trabte neben mir her und schaute mich erwartungsvoll an.

»Das klappt nicht!« Ich hatte Mühe, mich richtig auszubalancieren, und musste mich zwischendurch an Shark festhalten, damit ich nicht hinunterkippte.

»Nicht aufgeben, weitermachen, komm schon.«

Also stieg ich wieder auf, fiel runter, stieg wieder auf. Wieder und immer wieder. Als ich kurz davor war aufzugeben, rollte ich plötzlich wie von selbst. Ich hatte es tatsächlich geschafft, ich hatte den Bogen raus!

»Cool!«, war alles, was ich herausbrachte. Dann rollerte ich ihr einfach davon.

»Was du alles kannst, Linn Grüner!«, rief mir Shark kichernd nach. Und es klang ganz schön stolz. So, als hätte sie mir das Longboarden selbst beigebracht. Dabei hatte sie mich nur ein bisschen geschubst ...

Liebe fragt nicht, Liebe ist. Liebe heilt, wärmt,
kümmert sich, umhüllt und schützt, macht dich stark.
Wie eine unsichtbare Wolke, leicht und unsichtbar.
Damit du in Liebe frei sein kannst.

11

Nach unserem Longboard-Ausflug war es noch lange nicht wieder wie früher und Shark nicht meine alte, wunderbar wilde Sophie Hyazinth Amanda Ricarda Kornelius. An dem Abend hatte sie mich mit einer herzlichen Umarmung verabschiedet und mir versprochen, dass wir am nächsten Tag wieder longboarden würden. Aber aus unerfindlichen Gründen wurde nichts daraus, Shark zog sich wieder einmal zurück wie eine der von ihr verhassten Schnecken in ihr Schneckenhaus. Was war nur mit ihr los? Langsam machte ich mir Sorgen um sie. Und dieses ständige Hin und Her nervte mich. Irgendetwas stimmte nicht. Dass Shark anders war als andere, lag ja auf der Hand. Und dass sie ein Geheimnis verbarg, eigentlich auch. Ich meine: Welche Vierzehnjährige (das hat sie zumindest mal behauptet, dass das ihr Alter sei, in Wirklichkeit, glaube ich, war sie sogar älter) wohnte denn ganz alleine in einer Wohnung? Ohne ihre Eltern? Und wieso tauchte ständig die Tante vom Jugendamt hier auf?

Die viel wichtigere Frage war aber: Wie sollte ich mit so einer launischen Freundin klarkommen?! Die Antwort darauf war so einfach wie logisch: Ich brauchte Shark. Und in Wahrheit brauchte sie mich auch.

Denn morgens, mittags und abends duftete es jetzt im Haus nach Kuchen, ein eindeutiges Zeichen, dass Shark traurig war. Denn sie buk, um ihren Tränen einen Sinn zu geben, wie sie mir einmal unter dem Siegel des ewigen Freundinnenschwurs verraten hatte. Salzige Tränen machten den Kuchenteig locker, behauptete sie! Und wo Zucker wäre, gehöre auch Salz dazu, weil: Gegensätze ziehen sich an! Mir blieb die Spucke weg vor so viel Logik, als ich dann genauer darüber nachdachte, machte das natürlich alles Sinn: Zucker und Salz. Lachen und Weinen. Laut und Leise. Wild und Wunderbar. Erst viel später verstand ich, dass sich das auch auf unsere Freundschaft bezog. Denn auch wenn mich Shark immer wieder zur persönlichen Höchstform herauskitzelte, mich einfach aufs Longboard stellte und anschubste, ich ohne sie nur halb so stark und selbstbewusst war und sie für ihren Mut und ihre Unerschrockenheit bewunderte, waren wir doch auch sehr unterschiedlich.

Weine nicht, du musst nicht traurig sein, du bist mit deinen Sorgen nicht allein. Schließ deine Augen, mach dir klar, du bist wild und wunderwunderbar. Denk an mich und unsre tolle Zeit. Du weißt: Wir sind immer zu zweit.

Mal wieder machte ich mir also ihretwegen große Sorgen. Weil wir aber gerade in der Schule so viele Arbeiten schrieben – wir hatten ja sonst keine Hobbys! –, blieb mir nicht viel Zeit zum Grübeln und Nachdenken. Zumal Phil nach wie vor Gesprächsthema Nummer eins unter den Mädchen unserer Klasse war. Nach dem Vorfall im Chemiesaal war ich ihm aus dem Weg gegangen. Mir war es megapeinlich zu wissen, dass er womöglich mit einem Mädchen herumgeknutscht hatte. Ich wusste noch nicht so recht, wie ich das finden sollte. Beides. Erstens, dass er irgendein Mädchen küsste, von dem ich nicht wusste, wer sie war. Und zweitens Küssen überhaupt. Ich fand ihn zwar unglaublich süß und jedes Mal, wenn ich ihm begegnete, wurde mir ganz schwummrig zumute, so mit ein bisschen Schwindel im Kopf und Übelkeit im Bauch. Aber Küssen mochte ich mir so gar nicht vorstellen. Ich wusste, wie es sich anfühlte, wenn mir Mama einen Gutenachtkuss auf die Wange drückte. Oder Oskar einen zum Abschied morgens vor dem Schultor. Mittlerweile konnte ich sogar ein bisschen zugucken, wenn Ole Mama einen Schmatzer aufdrückte. Aber die Vorstellung, dass *ich* einen Jungen küssen sollte, machte mich sehr, sehr unruhig. Lieber nicht. Wie sollte das denn gehen? Mund auf Mund ... und womöglich noch die Zunge dazu?! Wenn, dann nur mit Phil, Herzchen, Sternchen, Regenbogen!

Obwohl ich alles daransetzte, nicht alleine mit ihm zu sein, verfolgte ich genau, was er machte.

Ich wusste, dass er morgens immer eine Minute nach dem ersten Klingeln auf seinen Platz schlüpfte, um dann erst sein Handy in den Flugmodus zu schalten.

Ich wusste, dass er in den Pausen nie aufs Klo ging.

Ich wusste, dass er auf Instagram eine Sportseite pflegte, auf der er seine jüngsten Trainingserfolge postete.

Ich wusste, dass er Mathe nicht kapierte und in Englisch Nachhilfe hatte.

Ich wusste, dass er gerne die Nähe von Vanessa und Michelle suchte, mit Pia chattete und Leonie doof fand.

Ich wusste, dass er Jonas für den schrecklichsten, egalsten Langweiler hielt.

Ich wusste, dass er Gitarre in einer Band spielte.

Ich wusste, dass er die unglaublichsten, witzigsten, coolsten Sprüche draufhatte.

Ich wusste, dass er ganz leicht ablenkbar war und unter Konzentrationsschwäche litt.

Ich wusste, dass er neulich vor unserem Haus im Möbiusweg gestanden hatte.

Shark dagegen war nicht mehr sie selbst, sobald sie in

Phils Nähe geriet. Nicht, weil sie dann herumstammelte und nur wirres Zeug faselte. Auch nicht, weil sie albern herumkicherte und über jeden noch so blöden Witz lachte. Nein, es war, weil sie sich komplett anders kleidete! Und alles nur, um ihm zu gefallen! Weil sie wie alle Mädchen in ihn verliebt war.

Wieder einmal hatte sie ihre wilden, verrückten Klamotten gegen die üblich-trendige Kluft der Mädchen eingetauscht. Eiferte mit Pia um den schönsten Lidstrich und mit Vanessa um den kürzesten Rock. Lieferte sich mit Leonie einen Streit darüber, wer wohl das duftendste Deo hatte und ging Michelle aus dem Weg, um sich mit ihr nicht über Haarfärbefarben streiten zu müssen. Ich erkannte meine beste Freundin nicht mehr!

Um nicht endgültig zur Außenseiterin zu geraten, machte ich beim Wettrüsten natürlich mit, woraufhin *ich* dann Stress mit Shark bekam.

»Du bist doch nicht mehr du selbst, wenn du so rumläufst«, machte sie mich eines Nachmittags an, wir lümmelten bei ihr in der Wohnung herum und spielten *Just Dance*. Ein Spiel aus Kindertagen, aber wir hatten seit einiger Zeit einen Tanzfimmel entwickelt und mussten uns ausprobieren. Nicht singen, wie früher mit Özge, sondern tanzen. Wildes und allerverrücktestes Tanzen, wie man es sonst nur heimlich macht, wenn man denkt, niemand guckt dir zu. So richtig mit Arme hoch und Hüfte wackeln, Kopf schnicken, bis die Haare verwirbelt waren. Natürlich spielten wir nicht die gängigen Lieder. Shark hatte es wieauchimmer geschafft, ihre Lieblingssongs einzuspielen. Außerdem gab es in ihrem Spiel Punkte, je mehr du von den vorgegebenen Moves abwichst.

»Wer bin ich denn?!«, fragte ich und guckte sie provozierend an. »Und wer bist du? Ein Chamäleon?«

Da lachte Shark. Laut und schallend, dass die Lampe an der Decke wackelte und die Farbe von den Wänden bröselte. Pepper flatterte erschrocken auf, stimmte aber dann krächzend in das grölende Gelächter mit ein. Immer lauter und herzhafter lachte sie, bis die Controller vom Tisch fielen und sich der Fernseher verabschiedete. Genervt schloss ich die Augen. Mir war zum Weinen zumute, weil ich meine Freundin mittlerweile überhaupt nicht mehr verstand, weder wusste, wo sie herkam, noch, warum sie immer wieder dieses blöde Mädchenspiel mitspielte. Und sie lachte sich halb tot.

Als ich die Augen wieder öffnete, saß Shark auf einem Ast.

laut	leise
schnell	langsam
lachen	weinen
wach	müde
lustig	traurig
verrückt	langweilig
satt	hungrig
sauber	dreckig
neugierig	träge
aktiv	passiv
liebevoll	ärgerlich
fröhlich	sauer
sicher	vielleicht

12

Der Brief war kackgrün. Nicht olivfarben, nicht khaki oder bundeswehrgrün, sondern so, wie wenn du zu viel Spinat oder Brokkoli essen musstest, weil deine Mutter ihn für gesund hält, und du kackgrün in die Schüssel machst. Mama hatte ihn mir kommentarlos, aber mit einem fragenden Blick auf meine Müslischale gelegt und sich dann schlüsselklappernd auf den Weg in die Schule gemacht. Obwohl Hendrik jetzt nicht mehr ihr Referendar war und sie sich nicht mehr vor Schulbeginn um ihn kümmern musste, ging sie trotzdem vor uns aus dem Haus. Deshalb war und blieb es meine Aufgabe, mich um Oskar zu kümmern, was in aller Herrgottsfrühe natürlich eine Mega-Mammut-Herausforderung war.

Schon gar nicht jetzt, wo ich mich am liebsten mit dem k-a-c-k-g-r-ü-n-e-n Brief in Ruhe auf mein Zimmer verzogen hätte, um herauszufinden, wer a) solch eine unglaublich geschmacklose Farbe wählte, b) mir am frühen Morgen schrieb und c) überhaupt was, wie und warum. Oskar trödelte heute früh mehr denn je. Boykottierte Müsli und Vitaminpille, hatte keinen Bock auf Zähneputzen und Gesichtwaschen, wollte sein Korsett nicht anlegen und war die schlechteste Laune auf zwei Beinen, schlimmer als Mama zu ihren schlimmsten Zeiten. Geduldig versuchte ich mit allen möglichen Tricks, ihm ein Lachen aus dem Bauch zu kitzeln, aber heute Morgen hatte ich überhaupt keine Chance.

Überhaupt schienen sich an diesem Tag alle gegen mich verschworen zu haben, nicht nur Oskar, den ich schließlich unter Aufbietung allergrößter Mühe die Treppe hinuntergehievt hatte. Sondern auch der Busfahrer, der, obwohl er sah, wie wir atemlos angehechtet kamen, uns die Tür einfach vor der Nase zuzischen ließ.

Auf dem Weg zur Schule geriet ich in einen Pulk Oberstufenschüler, die mich vollqualmten und in der Eingangspforte beinahe zermalmten. In der ersten Stunde schrieben wir in Bio einen Überraschungstest zur Unterrichtseinheit »Fotosysnthese«, von der ich natürlich selbstredend keinen Plan hatte. Was interessierte mich Chlorophyll – ich hatte einen kack*grünen* Umschlag in meinem Rucksack und wusste nicht, was drinstand.

In den Pausen hatte ich keine Chance, mich damit heimlich aufs Mädchenklo zu verziehen, weil unsere Klasse diesmal mit dem Verleihen der Spielgeräte für die bewegte Pause dran war. Nach der Schule musste ich sofort nach Hause, um mich für die anschließende Gesangstunde fertig zu machen. Mama hatte mir endlich eine Lehrerin spendiert, damit ich nicht mehr bei diesem Onlinegesangskurs mitmachen musste. Leider war ja ihr

Plan mit Geraldine nicht aufgegangen. Wäre auch zu schön gewesen.

Die Gesangslehrerin Annetta hatte sich für nachmittags um drei Uhr angekündigt und ich war mehr als neugierig, was sie wohl zu meiner Stimme sagen würde. Das Vorsingen bei Geraldine war ja zum Desaster geraten, aber weil die Bewertungen des Onlinekurses so positiv waren, mochte ich ihren Worten nicht glauben.

Zu meinem Erstaunen klingelte dann pünktlich eine überaus große und füllige Frau bei uns an der Tür, in der Hand eine Bäckertüte. Sie lächelte mich unentwegt freundlich an und nahm im Wohnzimmer auf dem Sofa Platz. Und während sie mich vorsingen ließ, um sich in meine Stimme einzuhören, verzehrte sie dann in aller Seelenruhe einen Kirschplunder, ein Puddingteil und eine Zimtschnecke.

»Du hast eine schöne, klare und ausbaufähige Stimme«, meinte sie und nickte mir wohlwollend zu. Allein für diese Aussage hätte ich sie knutschen mögen, so nett fand ich sie augenblicklich. Als sie dann noch hinzufügte: »Ich würde sehr gerne mit dir arbeiten, obwohl du eigentlich noch zu jung für eine Ausbildung bist. Aber wir müssen achtsam arbeiten, auch wenn du ungeduldig bist. Wenn wir jetzt nämlich deine Stimmbänder überstrapazieren, leiern sie sprichwörtlich aus und das war's dann …«, war es ganz um mich geschehen. Am liebsten wäre ich ihr jubelnd um den Hals gefallen, so sehr freute ich mich über ihr Kompliment. Annetta grinste mich an. Dann stand sie schwungvoll auf. Dabei wogten ihre

Brüste wie eine Schüssel Wackelpeter und ich musste dreimal blinzeln, um sie nicht ständig anzustarren. Himmel, konnten die Dinger groß werden! Verstohlen wagte ich einen Blick in mein kaum vorhandenes Dekolleté.

»Komm, machen wir ein paar Übungen zum Aufwärmen«, meinte sie aufmunternd und begann, über eine Quint rauf und runter »Blablablablabla« zu singen. Sie besaß eine wunderschöne, klare Sopranstimme. So würde ich eines Tages auch gerne singen können, nahm ich mir vor.

Eifrig sang ich mit. Es fühlte sich lustig an, den Mund auf diese Art und Weise auf- und wieder zuzuklappen, aber ich spürte, wie sich mein Bauch dabei entspannte.

»Und jetzt mal hecheln, das macht das Kiefergelenk locker«, sagte sie und fing an, eine auf jagende Hündin zu machen.

»Deine Mutter hat mir ... hechelhechel ... von deinem Onlinekurs erzählt, komm, mach mit, hechelhechel, aber das ist unseriös, verstehst du? Du hast eine tolle Grundlage, hhhhhh, aber das ist wie ein Edelstein, hechelhechel, den wir behutsam schleifen müssen, hhhhh. Sonst geht er kaputt und funkelt nicht.«

»Danke!« Ich freute mich über ihr wiederholtes Lob – und hechelte mit. Die Singsang-App löschte ich noch am selben Abend.

Als ich mich dann am Abend gerade aufs Klo verzogen hatte, mit extra zuschließen, um endlich endlich in Ruhe diesen kackgrünen Brief zu lesen, ließ Mama in der Küche einen verzweifelten Schrei los, sodass ich sofort erschrocken aufsprang.

Um es kurz zu machen: Wasserrohrbruch! Bis wir den Haupthahn zum Abstellen gefunden hatten, sämtliche Eimer, Lappen und Handtücher aktiviert inklusive Ole, stand das Wasser natürlich schon zentimeterhoch in der Küche. Wir wischten und schleppten um die Wette. Wo blieb Shark mit ihren verrückten Einfällen, wenn man sie mal brauchte? Und wieso hatte sich Oskar verkrümelt? Hatte der Angst zu ertrinken?! Doch zu meiner Überraschung stand irgendwann Özge gemeinsam mit ihrer Mutter in der Tür, um uns zu helfen. Ohne viele Worte packten sie mit an und mit vereinten Kräften schafften wir es noch vor Mitternacht, den Wasserschaden zu beseitigen. Während Ole mitwischte und Eimer in die Dusche schleppte, kümmerte sich Mama um den defekten Spülmaschinenschlauch, der sich als poröser Übelverursacher entpuppte. Weil es sich um ein altes Gerät handelte, verfügte es natürlich nicht über einen Aquastopp ...

»Also gut, statt Urlaub gibt es dieses Jahr eine neue Spülmaschine«, meinte sie. »Das Ding hat seine Zeit gehabt.«

»Mein Bruder hat einen Laden«, meinte Özges Mutter. »Wenn du willst, gehen wir morgen gemeinsam hin und suchen dir was Schickes aus.«

»Spülmaschinen shoppen?!« Mama grinste. »Bin dabei!« Die beiden Frauen umarmten sich lachend und setzten sich dann an den Küchentisch, um gemeinsam über Abwasch im Allgemeinen und im Besonderen zu fachsimpeln. Özge und ich schauten uns an und rollten die Augen.

Ich glaube, sie wäre gerne noch länger geblieben, doch ich war todmüde und konnte nur noch in mein Bett fallen.

Erst am nächsten Morgen, nach einem diffusen Traum mit schwimmenden Schläuchen und singenden Törtchen, fiel mir der Brief wieder ein. Aber weil Mama wieder so früh in die Schule abzischte und Oskar völlig unausgeschlafen und zu nichts zu gebrauchen war, ich also heute das Gestern wiedererlebte, schloss ich mich diesmal in der Pause auf dem Mädchenklo ein, um ihn endlich zu öffnen. Weil ich ihn schon so lange mit mir herumtrug, drehte und wendete ich ihn vorher dreimal in den Händen. Der Brief verströmte einen Geruch, der mir bekannt vorkam. An wen oder was erinnerte der mich bloß?

Ich schreibe dir und hoffe, du lachst mich nicht aus, weil ich so altmodisch bin und meine Gedanken zu Papier bringe. Aber seit wir Gedichte durchnehmen, bin ich wie entfesselt, möchte es selbst ausprobieren und komme mir doch vor wie ein verkappter Poet, der seine ersten Gehversuche macht. Aber weil ich dir vertraue, weiß ich, dass meine Zeilen bei dir in den richtigen Händen sind. Ich muss pausenlos an dich denken, kann nicht schlafen, essen, ruhen. Kann ich zu hoffen wagen, dass es dir genauso geht? Du auch so innig für mich empfindest? Oh, dann gib mir doch ein Zeichen!

Mein Herz machte einen Freudenhüpfer. Ach was, Saltos, Loopings, Toeloops. Diese wunderschönen Worte konnten nur von einem sein, der in der letzten Deutschstunde mit einer besonderen Interpretation der Liebesgedichte von Goethe geglänzt hatte. Paul hatte Phil ausgelacht, weil es kitschig klang, aber alle Mädchen hingen an seinen Lippen. Verzückt schloss ich die Augen und drückte den Brief an mein Herz! Phil, hämmerte es pausenlos, dieser coole, wahnsinnig süße Phil hatte mir einen Brief geschrieben. Nicht ganz so wortgewandt wie Goethe, aber immerhin. Völlig gefangen im Rausch der Worte hörte ich plötzlich Stimmen. Draußen am Waschbecken unterhielten sich Pia und Michelle, über Phil natürlich. Phil, der mir diesen wunderschönen Brief geschrieben hatte. Mir! Ich war vor Freude völlig aus dem Häuschen!

»Und du hast wirklich gehört, wie er sich mit ihr verabredet hat?«, fragte Pia.

»Wenn ich es dir doch sage ...«

»Wo?«

»Hab ich nicht genau mitbekommen.«

»Dann müssen wir sie beschatten!«

»Spinnst du? Ich will doch nicht sehen, wie die knutschen!«

Aber ich, dachte ich, ich will endlich wissen, mit wem sich Phil heimlich trifft. In meinem Herz gab es einen grässlichen Eifersuchtsstich. Wie konnte es sein, dass er eine andere küsste und gleichzeitig mir so schöne Sätze schrieb? Oder traute er sich vielleicht nur nicht, mich nach einem Date zu fragen, und schrieb deswegen Briefe?! Wie süß war das denn …

Ich bekam noch mit, wie sich die beiden für heute Nachmittag im Park am Springbrunnen verabredeten, dann war die Pause vorbei und ich musste mein Geheimversteck verlassen, den Brief dreimal zusammengefaltet in meiner Hosentasche versteckt. Müßig zu erwähnen, dass der Unterricht wie ein Film an mir vorüberzog, in dem ich nicht mitspielte. Immer wieder musste ich heimlich unter meinem Pony hinüber zu Phil schielen, doch der tat so, als bemerke er mich nicht.

Shark dagegen war völlig aufgekratzt und titschte wie eine Flipperkugel durch den Klassenraum. Immer wieder suchte sie Kontakt zu Phil – verteilte ihm als Erstes das Englischarbeitsblatt, lieh sich einen Radiergummi von ihm. Der wiederum verfolgte jede ihrer Bewegungen mit großem Interesse, sehr zum Verdruss von Pia, Vanessa, Leonie und Michelle.

Gleich nach der Schule wollte ich wieder verschwinden, um mich rechtzeitig im Park auf die Lauer zu legen, doch daraus wurde nichts, weil ich mich um Oskar kümmern musste, der mit schmerzverzerrtem Gesicht im Bett lag. Und auch wenn ich superneugierig war, mit wem sich mein heimlicher Schwarm traf, der mir wiederum heimlich Liebesbriefe schrieb, war in diesem Moment klar: Oskar ging vor. Es passierte zum Glück mittlerweile nur noch selten, dass er von solch grässlichen Schmerzschüben heimgesucht wurde. In diesen Momenten blieb einem nicht viel mehr übrig, als ihm seine Tabletten zu verabreichen (check), ihn zu trösten (checkcheck) und ihn abzulenken (nichtcheck). Das war nämlich gar nicht so einfach. Eine Zeitlang hatte ich es mit Vorlesen probiert, später mit Hörbüchern, aber wenn die Schmerzen zu schlimm waren, wollte Oskar gar nichts hören. Keine Musik. Keine filosofischen Denkübungen. Auch keine Känguru-Chroniken, die wir an guten Tagen rauf und runter gehört hatten und so gut wie auswendig kannten. Oder Sharks verrückte Knallschokolade. Am liebsten mochte mein kleiner Bruder es, wenn jemand bei ihm war und einfach nur Händchen hielt.

Also setzte ich mich zu ihm, versuchte, ihn zu trösten und zu beruhigen. Ich hoffte inständig, dass dieser schreckliche Schmerzschub so schnell vorbeiging, wie er gekommen war. Mit der einen Hand streichelte ich über Oskars wuschelige Kinderhaare, mit der anderen scrollte ich auf meinem Smartphone herum. Aber natürlich hatte ich keine neuen Nachrichten. Wie auch? Dabei fiel mir die Sache mit den Kettenbriefen wieder ein.

»Bekommst du eigentlich immer noch welche?«, fragte ich meinen kleinen Bruder, der leise vor sich hin wimmerte.

»Nööö ...«

Ich nickte erleichtert. Immerhin eine gute Nachricht. Da hatte Shark, was immer sie gehackt hatte, ganze Arbeit geleistet.

Knallbrause-Schoko

100 g dunkle Schokolade im Wasserbad schmelzen. Vom Herd nehmen und 1 Esslöffel Kokosraspel sowie 2 Päckchen Pop Rocks unterrühren. In Pralinenförmchen (Eiswürfelform, Silikonform) füllen, mit Kokosflocken bestreuen und im Kühlschrank für mindestens zwei Stunden kalt stellen. Vorsichtig aus der Form lösen – und mit einem Knall! Bumm! Peng! im Mund verschwinden lassen.

13

Drei Tabletten später waren Oskar endlich die Augen zugeklappt. Erleichtert stopfte ich ihm die Decke zurecht und legte die Tablettenpackung auf den Schreibtisch. Dabei bemerkte ich lauter Briefbögen in allen möglichen Farben. Ich grinste. Mein kleiner Bruder war echt ein Vollprofi, wenn es um seinen Minijob ging.

Obwohl es schon lange Schlafenszeit war, war ich noch überhaupt nicht müde. Tausend Dinge schwirrten mir durch den Kopf und dass ich nicht herausfinden konnte, ob Phil jetzt mit Shark verabredet war oder nicht, machte die Sache auch nicht besser. Um mich abzulenken, versuchte ich, meine Hausaufgaben zu machen, wobei es bei einem Versuch blieb. Wer wollte sich um die Uhrzeit mit Relativ- und Adverbialsätzen beschäftigen?! Als ich später im Bett lag, konnte und konnte ich nicht einschlafen. Also machte ich das, was ich immer tat, wenn ich nicht einschlafen konnte: Ich schlich heimlich aufs Dach.

Zum Glück war Shark nicht da. Ich hätte auch gar nicht gewusst, was ich ihr hätte sagen sollen. Weil sie zurzeit ja so aufgedreht und völlig anders war als sonst. Und eine innere Stimme sagte mir, dass es besser war, wenn sie von Phils Brief nichts wusste. Ich hatte ihn wieder und wieder gelesen, mittlerweile war er ganz verkrumpelt und ich kannte ihn auswendig. Etwas verkrumpelt war ich innerlich auch. Schließlich wusste ich immer noch nicht, mit wem sich mein Schwarm heimlich traf, und wahrscheinlich würde ich es auch nie erfahren. Sicher war es besser so ... Rundherum schalteten die Nachbarn ihre Lichter aus. Nur bei Ildikó brannte eine Kerze. Sie saß mit einem Mädchen auf ihrem Bett und knutschte. Und bei Topraks diskutierten Vater und Mutter Toprak wild gestikulierend mit Elyas, der sich mit in die Hüfte gestemmten Händen zu verteidigen versuchte. Ich war in jener Nacht also nicht die Einzige, die nicht schlafen konnte. Auch bei Shark brannte noch Licht. Sie saß in ihrer Küche und faltete Fische, wieder einmal, mittlerweile konnte sie garantiert ein XXL-Aquarium damit befüllen.

Und dann musste ich doch eingeschlafen sein und träumte die wildesten Dinge, von Phil natürlich, der klein geschrumpft mit einem Brief in der Hand wedelnd in einem Aquarium saß und mir lauter Konfettischnipsel entgegenpustete. Irgendwann gegen Morgen wachte ich auf, weil mir kalt war, obwohl ich in drei Decken gehüllt dalag und sogar eine Mütze auf dem Kopf trug. Weit hinten am Horizont konnte man erahnen, dass es bald dämmern würde, also beeilte ich mich, zurück in die Wohnung zu kommen, bevor Mama aufstand. Wieder im Treppenhaus kam es mir merkwürdig, beinahe gespenstisch still vor. Kein Wunder, es schliefen ja noch alle, selbst der olle Pistorius war nie so früh unterwegs. Im Keller klapperte eine Tür.

Doch plötzlich meinte ich, ein leises Rascheln zu hören. Schritte entfernten sich und dann war es wieder still. Als ich vor unserer Wohnungstür ankam, lag da wieder ein Brief. Diesmal in Schweinchenrosa.

Wer hatte ihn da gerade heimlich vor meiner Tür abgelegt? Womöglich stammte er von Phil? Mein Herz klopfte bis zum Hals, schnell lief ich dem Unbekannten hinterher. Aber zu spät. Als ich unten bei der Haustür ankam und hinaus auf die Straße spähte, fehlte jede Spur. Keine Menschenseele, nichts. Nur ein paar Katzen streunten umher ... Pepper saß gegenüber im Baum und krächzte zur Begrüßung ein fröhliches Hihikrkr, als sie mich bemerkte. Reflexartig winkte ich ihr zu.

Ich träume von dir, Tag und Nacht, stelle mir vor, wie wir beide nebeneinander auf der Picknickdecke liegen, Kopf an Kopf, sodass die Haare ineinander verwuschelt sind. Wir schauen in den Himmel, finden Wolkenbilder, suchen Antworten auf unsere Fragen. Du bist mir ganz nah und obwohl wir uns nicht berühren, spüre ich deinen Herzschlag in meinem Körper.

Zum Glück blieb mein nächtlicher Ausflug von Mama unbemerkt, auch wenn sie mich immer wieder aufmerksam von der Seite musterte, während wir in der Hektik der morgendlichen Routine aneinander vorbeihuschten.

»Du siehst sehr hübsch aus«, meinte sie, als sie mir einen Abschiedskuss auf die Wange drückte. »Wenn du nicht zu jung dafür wärst, würde ich glatt wetten, du bist verliebt.« Sie zwinkerte mir zu und dann war sie auch schon die Treppe hinunter verschwunden.

Verliebt, pah, dass ich nicht lache, dachte ich. Du musst nicht von dir auf andere schließen! Mein Spiegelbild zeigte mir eine völlig unausgeschlafene Zwölfjährige mit verwuschelten Haaren. Nur meine Augen blitzten fröhlich und hellwach unter dem Pony hervor. Aber das taten sie eigentlich immer.

Als ich dann aber unten aus der Haustür trat – diesmal ohne Oskar im Schlepptau, weil der wegen eines Klassenausfluges früher als sonst losgegangen war –, blieb mir das Blitzen in den Augen stecken. Jemand hatte schon wieder ausländerfeindliche Sprüche an die Hauswand gesprüht. Özge, die kurz hinter mir die Treppe hinuntergesaust war, fiel vor Entsetzen alles aus dem Gesicht.

»Nicht schon wieder!«, flüsterte sie tonlos und lief zurück ins Haus.

Irgendetwas stimmte nicht in diesem ehrenwerten Haus, grübelte ich, und ging weiter zur Bushaltestelle. Wenn ich heute Nachmittag aus der Schule käme, müsste ich dringend mit Shark Kriegsrat halten und mit ihr gemeinsam überlegen, was zu tun sei. Am besten würden wir uns nachts auf die Lauer legen, wenn wir herausfinden wollten, wer unser Haus mit solch gemeinen Schmierereien verunstaltete oder ... Da riss mich ein greller Pfiff aus meinen Gedanken, gefolgt von einem wütenden Bellen und als ich mich umdrehte, bemerkte ich, wie mir aus dem Nichts ein Terrier hinterherfetzte. Ganz klar, der meinte mich! Dabei war ich doch gerade eben völlig ahnungslos an ihm vorbeigeschlendert. Oder hatte ich aus Versehen irgendetwas falsch gemacht und ihn provoziert?

Der Hund war wütend, sehr wütend, am wütendsten. Was immer ihn aus der Fassung gebracht hatte, es schien keine Kleinigkeit gewesen zu sein und ich brauchte keine drei Sekunden, um mir klar darüber zu werden, dass ich keine Chance hatte, diesem Köter zu entkommen.

AUA! Kaum gedacht, spürte ich auch schon seine Zähne messerscharf in meiner rechten Wade. Tränen schossen mir augenblicklich in die Augen. Wie denn das?! Und wo blieb dieses verdammte Herrchen, das sich gerade hundert Meter hinter mir die Seele aus dem Leib schrie? Er sollte mir das Viech vom Bein schaffen, anstatt die gesamte Stadt zusammenzubrüllen.

Der Schmerz schnürte mir die Luft ab. Atmen, atmen, atmen, aber ich fühlte nur Schmerz. Dunkel und schwarz. Dazwischen auch ein bisschen rot. Konnte man rot fühlen?

Ich musste ohnmächtig zusammengesackt sein. Das Nächste, woran ich mich erinnere, ist, dass ich im Krankenwagen lag und mir eine freundliche Rettungsassistentin in die Wange kniff.

»Hey«, meinte sie, »da bist du ja wieder! Kannst von Glück sagen, dass dein Freund so mutig war. Sonst wärst du jetzt Hackfleisch.«

»Freund? Hackfleisch?« Ich schüttelte den Kopf und versuchte, mich aufzurichten.

»Liegen bleiben.«

»Was ist passiert?« Autsch, selbst durch die kleinste Bewegung schmerzte mein rechtes Bein übelst. Ich wagte einen vorsichtigen Blick. Meine Hose hing in Fetzen an mir herunter und war blutdurchtränkt. Ich schluckte.

»Der Terrier hat sich in deiner Wade verbissen«, meinte die Rettungsassistentin und schob den Regler der Infusion zurecht. Durch eine Kanüle blubberte klare Flüssigkeit in meine Vene. »Die Polizei ist schon vor Ort und nimmt die Personalien auf.«

»Und was passiert mit ihm?«

»Mit wem? Dem Hund oder seinem Besitzer?« Sie machte eine eindeutige Bewegung, die nicht freundlich gemeint war. »Soll dein Freund eigentlich mitfahren? Wir bringen dich jetzt in die Klinik, deine Wunde muss genäht werden. Deine Mutter haben wir schon verständigt ...«

»Äh ...« Von wem faselte sie da eigentlich die ganze Zeit?

»Hier, dem jungen Mann muss noch die Hand desinfiziert werden, dann kann er gehen.« Ein Notarzt kletterte in den Wagen und schob zu meiner Überraschung Elyas vor sich her. »Um deine Verletzung kümmern wir uns gleich. Hast Glück gehabt, bedank dich bei deinem heldenhaften Retter hier …« Er grinste mich breit an, bevor er mir mit einer Schere die Hose aufschnitt, um sich die Bisswunde genauer anzuschauen. Unterdessen betupfte die Sanitäterin Elyas' blutige Hand. War er etwa auch gebissen worden?

Und weil ich immer noch nicht kapierte, was ich gerade verpasst hatte, erzählten die drei es mir abwechselnd:

Offensichtlich hatte ich völlig unbeabsichtigt den Hund mit einem Stein geärgert, den ich im Vorbeigehen aus Versehen auf ihn gekickt hatte, woraufhin der sich losgerissen hatte und auf mich losgegangen war. Und während sein Herrchen nur lauthals schrie, war Elyas angestürmt gekommen und hatte dem Terrier eine verpasst: voll auf die zwölf, genauer gesagt mit aller Kraft auf die Schnauze. Daraufhin hatte er meine Wade losgelassen und sein Herrchen konnte ihn endlich anleinen.

»Echt jetzt?« Ich schaute zu Elyas, der mit zusammengekniffenem Mund die Desinfektionsprozedur über sich ergehen ließ. Der Arme, das hatte er nun davon, dass er sich so mutig dazwischengeschmissen hatte. Er tat mir leid.

»Wonach sieht's denn aus?« Jetzt grinste er schief zu mir herüber und ich grinste zurück. Bevor ich dazu kam, mich bei ihm für seinen mutigen Einsatz zu bedanken, war er auch schon fertig verarztet und ausgestiegen.

Mich dagegen nahmen sie mit ins Krankenhaus, wo der Hundebiss erst mal gründlich mit einer speziellen

Tinktur behandelt wurde, bevor die klaffende Wunde mit etlichen Stichen wieder zusammengeflickt wurde. Von alldem bekam ich allerdings nichts mit. Ich war abermals ohnmächtig geworden. Aber vielleicht lag's auch an den Scheiß-egal-Tropfen, die sie mir verabreicht hatten.

Verrückte Haustiere (die nicht beißen)

Tarantel
Vogelspinne
Axolotl
Piton
Ratte
Chamäleon
Laufente
Die Unzertrennlichen
Pepper

14

Der Hundebiss hatte dramatische Folgen und wirbelte mein gesamtes Leben durcheinander. Die gute Nachricht zuerst: Die Wunde heilte ohne weitere Komplikationen und ich konnte ziemlich bald wieder laufen. Die schlechte: Mama machte einen riesigen Aufstand und erstattete Anzeige, woraufhin der Terrier eingeschläfert werden musste. Ehrlich gesagt tat mir das kein bisschen leid. Ich hatte höllische Schmerzen gelitten. Bei jedem Kläffen zucke ich bis heute zusammen und ich werde nie wieder auch nur einem Hund – und sei er noch so klein – Vertrauen schenken können. Der Hundebesitzer jedoch nutzte den Vorfall, um Elyas anzuzeigen, der angeblich seinen Pfiffi mit seinem Verhalten provoziert hätte, weil er wohl aus Versehen einen Stein gekickt hatte. Hallo! Warum ausgerechnet ihn?! Der stand hundert Meter weit entfernt, der konnte überhaupt nichts sehen! Und hätte Elyas nicht so geistesgegenwärtig reagiert, wer weiß, ob von mir außer Hackfleisch noch etwas übrig geblieben wäre.

Seit dem Vorfall hatte ich ihn nicht mehr gesehen, er war wie die restliche Familie Toprak wie von der Bildfläche verschwunden. Außer dem Gekrähe von Baby Ibo hörte man nichts.

In der Schule galt ich fortan als »das Mädchen mit Biss«, was ich ganz cool fand, auch wenn es Elyas war, der mich gerettet hatte und kein Vampir.

»Du hast mir vielleicht einen Schreck eingejagt«, sagte Shark, als sie meine frisch genähte Wunde inspizierte. »Da lässt man dich einmal alleine zur Schule gehen und dann ...« Sie umarmte mich dolle und wich in den nächsten Tagen nicht von meiner Seite. Denn Pia, Vanessa, Michelle und Leonie gaben mir doch tatsächlich die Schuld daran, dass der Hund eingeschläfert werden musste, und lästerten fortan bei jeder Gelegenheit über mich – was Shark natürlich nicht auf sich sitzen ließ. Von Kommentaren wie »Hundemörderin« oder »Terriertöterin« angestachelt, schoss sie dann mit »Himbeermundtussi« oder »Parfümstinktier« zurück, womit die Stimmung zwischen uns allen immer vergifteter wurde.

»Die Weiber machen sich gegenseitig fertig«, meinten Paul, Leo und Jonas feixend, wenn wir uns mal wieder in der Pause gegenüberstanden und die übelsten Beleidigungen an den Kopf warfen.

Hey, schöne Zähne hast du. Gibt es die auch in Weiß?
Ich wusste, dass der Tag hässlich wird, aber mit dir habe ich nicht gerechnet.
Willst du wissen, wie man dumme Kinder macht? Frag deinen Vater.
Riech dein Aroma, ich fall gleich ins Koma.
Würde mich ja gerne mit dir geistig duellieren, aber ich sehe, du bist unbewaffnet.
Hat das Irrenhaus heute Wandertag?
Gibt es dich auch in schön?
Willst du dir den Tag versauen, musst du in den Spiegel schauen!

Allerbeste Voraussetzungen für die bevorstehende Klassenfahrt also, ich hatte jetzt schon ein mulmiges Gefühl und wäre am liebsten überhaupt nicht mitgefahren. Shark war es wieder einmal, die die Angelegenheit rettete.

»Das ist doch Käse hoch zehn! Sich ständig zu beschimpfen. Nur wegen der Jungs ...«, sagte sie am Nachmittag vor unserer Abreise. Wir hatten es uns mit einem

Regenbogensmoothie bei ihr in der Hängematte gemütlich gemacht und überlegten, was wir alles einpacken sollten. Ein Herz und eine Seele, seit Langem waren wir uns mal wieder einig.

»Wieso wegen der Jungs?« Ich schaute sie erstaunt an und versuchte, mich im Schneidersitz hinzusetzen. Dabei zwackte die Bisswunde und erinnerte mich daran, dass ich mich immer noch nicht bei Elyas bedankt hatte.

»Na ja, guck dich doch um! Da verhält sich doch eine verrückter als die andere. Oder wieso trägt Pia seit Neustem Extensions? Hat sich Leonie die Nägel im Nagelstudio machen lassen? Trägt Michelle diese engen Tops?«

»Weil sie es schön finden ...«, unterbrach ich sie.

»Ach, wirklich? Weil sie es schön finden oder weil sie *denken,* dass sie es schön finden?«, fragte Shark, nuckelte an ihrem Strohhalm und wirkte dabei, als könne sie nicht bis drei zählen.

»Das sagst ausgerechnet du«, rutschte es mir heraus. »Du machst ja selber mit! Oder was war mit deinem Catwalk? Deinen Haaren?«

»Klar mache ich mit! Machen doch alle so. Eigentlich finden das ja alle Mädchen doof, ständig auf Dauerdiät leben zu müssen oder sein komplettes Taschengeld in Beautykram zu investieren. Aber trotzdem machen alle mit. Und solange ich nicht verstehe, warum, mache ich es eben auch. Weil *ich* es schön finde.« Shark grinste mich mit grellrot geschminkten Lippen an, Glitzerpuder glänzte auf ihren Wangen und ihre Wimpern hatten einen dunklen Schwung.

»Vielleicht ist das aber alles nur wegen Phil ...«, warf ich ein und da fiel es mir wie Schuppen von den Augen. Klar war es wegen Phil! Alle Mädchen wollten ihm gefallen.

Doch Sharks Lächeln erlosch, mit meinem Mal wirkte ihr Gesicht blass und schmal. Es war, als hätte man einem Kugelfisch die Luft rausgelassen.

»Phil ...« Shark seufzte und suchte nach den passenden Worten. »Phil ist nicht so.«

»Muss ich das jetzt verstehen?«

»Musst du nicht! Komm, wir machen eine Packliste, was wir alles mitnehmen, um auf der Klassenfahrt Spaß zu haben!« Shark sprang mit einem Ruck aus der Hängematte, sodass ich hinauspurzelte. *Autsch!*, meldete sich meine Wunde an der Wade, aber weil Shark eifrig in ihrem Schrank herumsuchte und die unmöglichsten Dinge hervorkramte, hatte ich meine Schmerzen sofort vergessen. Denn mir flogen Sprungseil, Wagenheber, Lavendelzucker, Teebeutel, Sprühsahne, Luftdufter, Champignondosen, Zahnpastatuben, Pfefferkörner, Stinkbomben und eine Fußnägelsammlung entgegen.

Kichernd wehrte ich den Chaosregen ab.

»Willst du das wirklich alles einpacken?«, fragte ich und hielt ein blaues Furzkissen in die Luft. »Das ist doch total kindisch!«

»Ach, Quatsch, Pippi-Kacka-Pups ist immer lustig«, meinte sie. »Aber wenn du willst, denken wir uns was anderes aus ...«

»Und der Wagenheber?« Ich hielt das Dings fragend in die Höhe.

»Für die Schränke … dann bekommt die keiner mehr auf.«

»Fußnägel?«

»Diese Dose ist heilig«, meinte Shark mit gespieltem Ernst. »Weißt du, wie lange ich dafür gesammelt habe? Also werden wir sie mit Bedacht einsetzen. Am Frühstückstisch zum Beispiel.«

»Wenn das mit den Stinkbomben rauskommt, fährst du nach Hause.«

»Ja, und? Was wäre daran so schlimm? Schule statt fünf Langeweiletage im Landheim … hätte nichts dagegen.« Shark verzog ihr Gesicht zu einem schelmischen Grinsen. Das also war ihr Plan!

Meine wunderbare Freundin hatte leider recht: Herr Nüsslein-Büchsenschütz hatte für die bevorstehende Fahrt nicht viel Spannendes organisiert. Wir würden wandern gehen. *Gähn. Und ins Schwimmbad. *Gähn. *Gähn. Einen bunten Abend veranstalten. *Gähn. *Gähn. *Gähn. Und vielleicht noch mal wandern … Dazwischen hätten wir English-Lessons und einen Arbeitsauftrag in Bio, weil wir ja mitten in der Natur zu Hause waren und einen Ausflug zu einem nahe gelegenen Naturbadesee mit Wasserfall machen würden. Wenn Shark die Klassenfahrt mit ihren verrückt-genialen Ideen aufmischen würde, wäre das mit Sicherheit die beste Abwechslung aller Zeiten.

»Die anderen trauen sich eh nicht, weil sie Schiss haben«, meinte sie und legte ihre Dietrichsammlung obendrauf. Damit waren wir im letzten Halbjahr in die Schule eingebrochen und hatten zwei Eimer Nacktschnecken in Maries Spind geleert.

»Klar, die haben alle Angst vor einem Eintrag ins Klassenbuch«, meinte ich. »Aber wenn uns niemand verpfeift, was soll schon passieren?« Bei der Nacktschneckenaktion hatten damals alle erstaunlicherweise dichtgehalten. Natürlich vermutete jeder, dass Shark dahintersteckte, doch die hatte eine Schneckenphobie und die schleimige Angelegenheit ganz allein mir überlassen.

»Außerdem würden doch am liebsten sowieso alle zu Hause bleiben«, nickte Shark zufrieden und hatte endlich wieder das vertraute, schelmische Blitzen in den Augen, wenn sie eine unerhörte Sache ausheckte.

Drei Tage später ging es dann endlich los und alle wunderten sich über die riesige Ledertasche, die Shark anschleppte. Pia, Vanessa und die anderen Mädchen hatten natürlich schicke Rollkoffer, die der Busfahrer jetzt in den Ladeluken verstaute. Keinem fiel auf, dass Shark alleine zum Treffpunkt gekommen war, weil in unserem Alter sowieso niemand mehr seine Eltern irgendwohin mitnahm. Nur für einen kurzen Moment stand sie verloren herum, dann kam sie auf mich zu und hakte sich bei mir ein. Meine Mutter hatte sich von mir mit einer kurzen Umarmung verabschiedet, ihre Klasse wartete längst (haha!) auf den Beginn des Physikunterrichts.

Kaum hatte der Nüsslein-Büchsenschütz sämtliche

Impfpässe und Versicherungskarten eingesammelt – das übliche Prozedere vor jeder Klassenfahrt –, stürmten wir in den Bus. Shark schaffte es i-r-g-e-n-d-w-i-e, uns zwei Plätze in der hinteren Reihe zu sichern, sodass wir genau in der Mitte von allem thronten und bestens beobachten konnten, wie Pia und Leonie heimlich Gummibärchen naschten, obwohl Essen im Bus verboten war. Paul und Leo zockten am Handy (natürlich auch verboten) und Suzu hatte sich die Kopfhörer übergestülpt und schaute aus dem Fenster.

Deswegen fiel auch niemandem auf, wie plötzlich der Bus anfing zu schlingern. Wir fuhren mitten auf der Autobahn und im ersten Augenblick dachte ich, es wäre ein Reifen geplatzt. Aber dann bemerkte ich, dass der Busfahrer vorne über seinem Lenkrad zusammengesunken war.

Ein rascher Blickwechsel mit Shark und wir stürmten nach vorne. Der Nüsslein-Büchsenschütz guckte uns nur erstaunt an, als wir an ihm vorbeihechteten, wir hatten ihn beim Popeln gestört. Aber er machte keine Anstalten, uns aufzuhalten, erst recht nicht, als er endlich kapierte, was Sache war und sein Handy zückte.

Als Erstes kletterte Shark hinter das Lenkrad, was gar nicht so einfach war, denn der Busfahrer war ein langer Lulatsch, den man nicht einfach mal eben zu Seite schieben konnte. Dann lenkte sie den Bus wieder nach rechts auf die Fahrspur. Das Tacho zeigte 120, der bewusstlose Busfahrer hatte immer noch seinen Fuß auf dem Gaspedal. Also krabbelte ich zwischen seine Beine und versuchte, seine Latschen herunterzuziehen.

»Los, mach schon«, schrie Shark. »Ich komm nicht an die Bremse, sonst musst du ...«

Hinter uns kreischten Pia, Vanessa, Leonie und Michelle im Chor. Der Nüsslein-Büchsenschütz alarmierte die Rettung und die Jungs feuerten Shark an.

»Wie in Speed!«, rief Paul aufgeregt. »Das ist ein Uraltfilm, musste ich neulich mit meinem Vater gucken, als wir sturmfrei und Männerabend hatten ...!«

Während die Jungs hektisch herumschrien, ächzte und schnaufte ich zwischen den Beinen des Busfahrers. Himmel, hatte der etwa seine Schuhe mit Sekundenkleber am Gaspedal festgeklebt?

»Du musst sie zur Seite schieben!«, rief Shark panisch. »Jetzt mach schon! Worauf wartest du noch ... Ich kann den Lenker nicht mehr lange halten.«

»Ich tue ja, was ich kann«, rief ich schnaufend zurück, schob und drückte wie eine Verrückte und da endlich rutschte der rechte Fuß vom Gaspedal. Immer noch halb unter den Sitz in den Fußraum gekauert, spürte ich, wie der Bus langsamer wurde und ausrollte.

»Hey, da hat sich ein Laster direkt vor uns geschoben, ist der lebensmüde?«, schrie Jonas entsetzt.

»Du musst genau hinter dem bleiben«, hörte ich Phils tiefe Stimme. »Der will, dass du auf ihn auffährst und bremst dich aus ... halte genau drauf.«

Wieso eigentlich mischten jetzt plötzlich alle mit? Ich krabbelte mühsam wieder hervor und kam auf die Beine. Der Busfahrer hing immer noch wie ein Mehlsack im Stuhl. Blass, wie der war, sah er überhaupt nicht gesund aus, hoffentlich lebte er überhaupt noch ... Alles hing jetzt von Sharks Fahrkünsten ab, aber die saß plötzlich wie versteinert hinter dem Lenkrad, unfähig, auch nur irgendwas zu tun. Nicht das auch noch!

»Los, mach Platz!« Schnell zog ich die unter Schock stehende Shark vom Sitz und krabbelte selbst hinter das Lenkrad. Der Laster vor uns hielt Spur, ich steuerte genau drauf, bis dieser langsam, aber sicher zum Stehen kam und wir endlich mit einem Ruck stoppten.

Schweißperlen standen auf meiner Stirn, als ich das Lenkrad endlich losließ. Aber ich hatte es geschafft! Uns war nichts passiert. Erleichtert rutschte ich vom Sitz und wurde jubelnd von Suzu und Michelle in Empfang genommen. Paul und Jonas klatschten ab, Pia nutzte die Gelegenheit und fiel Phil um den Hals, Leonie drückte ihm einen Schmatzer auf die Wange. Überall johlte und grölte es begeistert, der ganze Bus feierte, alle klatschten Beifall. Nur Shark stand blass und bleich in der Ecke.

»Macht mal jemand die Tür auf!«, rief der Nüsslein-Büchsenschütz und ich dachte, mach doch selbst. Wieso sollten immer die Schüler alle retten? Aber dann bemerkte ich den Notarzt und suchte schnell nach dem passenden Knopf.

Kurz darauf stand ich mit Shark draußen. Und weil sie so schrecklich zitterte, hielt ich sie einfach nur fest. Da klammerte sie sich an mir fest und heulte hemmungslos.

Mit dir an meiner Seite kann mir nichts passieren.
Das macht mich stark und froh. Und auch,
wenn du mal nicht bei mir bist, stelle ich mir einfach vor:
du sitzt als Mini-Mini-Figur auf meiner Schulter
und stehst mir zur Seite.

15

Wie sich herausstellte, hatte der Busfahrer einen Herzinfarkt erlitten, kam aber glücklicherweise bald wieder auf die Beine. Wieder und wieder musste ich berichten, wie genau es gelungen war, den Bus zu stoppen. Während ich erzählte, dass die Busfahrerfüße nach altem Camembert stanken und wie schwer sich das Lenkrad angefühlt hatte, zog sich Shark mehr und mehr zurück. Als ob sie mit der ganzen Geschichte nichts zu tun haben wollte, ließ sie mich all die Interviews alleine machen, selbst auf das Foto für die Titelseite der lokalen Zeitung wollte sie nicht mit drauf. Dabei hätte ich das ohne sie ganz bestimmt nicht geschafft!

Gleich abends nutzte ich die Gelegenheit und versuchte, mit Shark beim Küchendienst zu reden, Pia und Suzu waren schon gegangen, wir mussten nur noch die Spülmaschine ausräumen. Ich musste endlich wissen, was mit ihr los war. Warum sie so still und in sich gekehrt war, die letzten Tage davor ja auch schon.

»Die Geschichte mit dem Busfahrer setzt dir ganz schön

zu, oder?«, fragte ich rundheraus und öffnete die Klappe. Dicker Dampf dunstete heraus, ich verwedelte ihn mit dem Handtuch über unsere Köpfe, so musste es wohl in der Sauna sein. Statt einer Antwort nickte meine Freundin nur. Stumm begann sie, die Gläser auszuräumen.

»Mir sitzt der Schock auch noch in den Knochen!« Ich schaute sie aufmunternd an. »Jetzt sag schon, was los ist.«

»Es ist nicht so einfach, wie du denkst«, begann sie zögernd und ihre Stimme klang ganz leise. »Ich ... ich habe bisher mit niemanden darüber gesprochen. Auch mit Tilda nicht.«

»Dann wird es wohl höchste Zeit, deiner besten Freundin alles anzuvertrauen, was dein Herz bewegt.« Ich atmete tief durch, Shark schien einen Megakummer zu haben.

»Es ... es war wie damals, als wir alle im Auto saßen ...«, begann sie mit stockender Stimme. Die Handtücher hatten wir längst zur Seite gelegt. »Die Bremse funktionierte plötzlich nicht mehr ... ich weiß noch, wie meine Mutter versuchte, auf den Seitenstreifen zu steuern und das Auto ausrollen lassen wollte, aber da war dieser Pkw mit seinem Anhänger ...« Ihre Stimme stockte und ich ahnte das Schlimmste. »Und dann, dann weiß ich nichts mehr. Als ich im Krankenhaus wieder zu mir kam, hatte ich eine schwere Gehirnerschütterung und mit einem Kiefernbruch als Einzige den schweren Unfall überlebt.« Shark atmete tief aus und jetzt stockte mir der Atem.

»Dann sind deine Eltern überhaupt nicht in Amerika,

sondern … tot?« Ich wagte es überhaupt nicht auszusprechen. Das war ja ungeheuerlich! Mit so einer Geschichte hatte ich nicht gerechnet.

»Bitte, du darfst es niemandem sagen. Verrate mich bloß nicht!« Shark schaute mich flehentlich an. »Ich will nicht in ein blödes Heim! Das ist doch viel cooler so!« Sie rempelte mich in die Seite und ich wusste in diesem Moment nicht, was ich denken sollte. Die Eltern meiner besten, liebsten Freundin waren tot. Sie war ganz alleine, niemand kümmerte sich um sie. Deswegen verhielt sie sich so seltsam. Deswegen musste sie zwischendrin immer wieder alleine sein.

»Klar!«, beeilte ich mich zu sagen. Und dann hielt ich Shark einfach fest, damit sie endlich die Tränen weinen konnte, die sie den ganzen Tag über schon und wer weiß noch wie lange zurückgehalten hatte.

Am liebsten hätte ich allen erzählt, welch großen Kummer Shark erlitten hatte, aber ich hatte ihr dreimal hoch und heilig bei Oskars Flohzirkus versprechen müssen, alles für mich zu behalten. Shark fand es nämlich ganz cool, alleine in Tildas Wohnung zu leben, ohne dass ihr jemand sagte, wie und wann sie zu Hause sein musste.

»Und wenn du zu dolle traurig bist, kommst du einfach zu uns und bringst Pepper gleich mit«, hatte ich sie getröstet und da hatte sie ihr lautes, ansteckendes Shark-Lachen gelacht und ich wusste, es würde alles gut.

Und wie es das tat: Es fing gleich damit an, dass ich am nächsten Morgen von einem üblen Geruch geweckt wurde. Shark hielt mir die Büchse Dosenchampignons unter die Nase. Geöffnet, versteht sich.

»Bäh, was ist das denn?«, fragte ich. Und mit einem Blick auf die Uhr: »Spinnst du? Es ist noch lange nicht acht Uhr, wir können noch zwei Stunden schlafen!«

»Pssst! Komm mit!« Shark war nicht zu bremsen. Sie zog mich aus dem Bett und schlich leise aus dem Zimmer, damit Pia, Vanessa und Leonie nichts bemerkten. Dann liefen wir ein Stockwerk höher zu den Jungs. Woher auch immer Shark wusste, hinter welcher Tür Paul und Max schliefen. Leise drückten wir die Klinke hinunter.

»Du hast 'nen Knall!« Ich musste mir das Kichern verkneifen, als Shark jetzt die Dosenchampignons in den Sneakern der Jungs verteilte. Mit hektischen Zeichen bedeutete sie mir, lauter Knoten in die herumliegenden Shirts der Jungs zu machen, was ich mit spitzen Fingern zu ihrer Zufriedenheit erledigte. Shark streute unterdessen Pfeffer – oder war es Chilipulver?! – auf ihre Zahnbürsten. Beim Hinausschleichen drückten wir noch Sardellenpaste auf die Türklinken ... Dann machten wir, dass wir davonkamen und lagen kurz darauf wieder brav in unseren Betten.

Zwei Stunden später kreischten die Jungs in den höchsten Tönen Alarm. Der Nüsslein-Büchsenschütz stand kurz vor einem Herzinfarkt und war stinksauer, drohte sogar mit Nachhauseschicken, Strafarbeiten und allen möglichen Sanktionen. Doch niemand verpfiff uns, obwohl sicherlich alle wussten, wer hinter den Streichen steckte. Aber ohne Beweise keine Anklage. Hauptsache, wir hatten Spaß! Denn alle freuten sich nach dem Drama mit dem Busfahrer darüber, dass es endlich mal wieder etwas zu lachen gab.

Und das auf einer Klassenfahrt, wo das Essen zum Heulen schlecht war und niemand von uns beim besten Willen die pappigen Nudeln mit Käsepampe essen wollte. Sagen wir mal so: Wenn man selbst Tütensoße verkochte, musste man entweder so was von null Bock auf seinen Job haben. Oder richtig, richtig dämlich sein.

Sehr witzig wurde es auch am Abend, als irgendein Blödheini auf die Idee kam, Wahrheit oder Pflicht zu spielen. Ich glaube, es war Jonas. Der kicherte sich jetzt nämlich halb blöd bei der Vorstellung, dass es tatsächlich so weit käme, dass irgendein Mädchen (er wünschte sich sicher Leonie!) irgendeinen Jungen (wen wohl?!) küssen würde.

Aber es kam alles ganz anders. Und eigentlich viel besser. Natürlich spielten nicht alle mit, nur die üblichen Verdächtigen, also Pia, Vanessa, Leonie, Michelle und Suzu, Shark natürlich, die es sich nicht nehmen ließ, dabei zu sein, und ich. Von den Jungs machten Paul und Leon mit, Jonas und zur Freude aller Mädchen Phil.

»Aber ohne Küssen«, rief Paul, der sich zwischen Vanessa und Pia gequetscht hatte. Alle nickten erleichtert, ich auch. Die Vorstellung, Phil im Beisein aller einen

Kuss aufzudrücken, erschien mir grottenpeinlich. Also setzten wir uns in den Kreis, Jonas durfte beginnen, weil er ja die Idee gehabt hatte.

Die Flasche zeigte auf Paul. »Wahrheit oder Pflicht?«, fragte Jonas und Paul antwortete ganz cool: »Pflicht.« Also musste er unter Gejohle und Gelächter seine Füße im Jungsklo waschen, ein typischer Jonas-Einfall. Dann drehte Paul und die Flasche zeigte auf Vanessa.

»Wahrheit«, sagte sie noch cooler als Paul. Als sie dann aber die Frage beantworten sollte, ob sie sich mit dem Finger auch mal sonstwo kratzen würde, lief sie knallrot an, sprang auf und rannte hinaus.

»Spielverderberin!«, riefen wir ihr alle unisono hinterher, froh darüber, selbst nicht diese bescheuerte Frage beantworten zu müssen.

»Wer macht weiter?«, fragte Leon in die Runde, denn Vanessa war ja jetzt nicht mehr da.

»Immer der, der fragt!« Das kam von Phil.

»Also gut.« Leon gab der Flasche einen Schubs, der sich gewaschen hatte.

»Das ist unfair!«, rief ich. In diesem Moment zeigte die Flasche auf Paul. Schon wieder.

»Pflicht!«, rief dieser, bevor auch nur irgendwer etwas fragen konnte.

»Mach Linn einen Knutschfleck!«

»WAS?!« Sämtliche Augenpaare richteten sich auf mich, Shark grinste von einem Ohr zum anderen. Unwillkürlich griff ich mir an den Hals. Aber ich hatte keine Chance. Paul kam auf mich zu, legte mir umständlich die Hände auf die Schulter und begann dann, an meinem Hals herumzunuckeln, als wäre es seine Babyflasche und nicht das wichtige Ding zwischen Kopf und Körper. Die anderen feuerten ihn lautstark an.

»Hey, du kannst aufhören, das reicht«, meinte Phil, mir war schon ganz schummerig, weil Paul mir die Luftröhre zudrückte. Wie süß war das denn, war er etwa eifersüchtig? Obwohl er sich ja offensichtlich auch mit anderen Mädchen traf. Aber egal, er meinte mich! Ich blinkerte ihm zu, aber er schaute leider nicht in meine Richtung. Irgendwann ließ Paul von mir ab, ich tastete nach meinem Hals. Garantiert hatte das Ding einen Durchmesser von einem Bierdeckel, so fühlte es sich zumindest an.

Unsicher schaute ich zu Shark. Die rollte nur grinsend die Augen. Dann bekam sie einen Lachflash – und ich lachte mit! Dabei schielte ich immer wieder hinüber zu Phil. Hoffentlich nahm er mir das mit dem Knutschfleck nicht übel. Ich konnte ja nichts dafür.

WAHRHEIT

POPELST DU?

IN WELCHEN POPSTAR WARST/BIST DU VERKNALLT?

KNABBERST DU FUßNÄGEL?

RIECHST DU AN DEINEN FURZEN?

PULST DU GERNE ZWISCHEN DEINEN ZEHEN?

GUCKST DU VORM SPÜLEN IN DIE KLOSCHÜSSEL?

TANZT DU HEIMLICH ZU POPSONGS?

GUCKST DU LIEBESFILME?

STALKST DU LEUTE?

ODER PFLICHT?!

TANZE WIE TAYLOR SWIFT.

ISS WAS, OHNE DIE HÄNDE ZU BENUTZEN!

60 SEKUNDEN DAUERKÜSSEN!

SCHALTE DREI STUNDEN DEIN HANDY AUS!

POSTE EIN VERRÜCKTES SELFIE AUF INSTAGRAM.

TRAGE DEINEN BH ÜBER DEM SHIRT.

So plätscherten die Tage im Schullandheim dahin. Paul suchte nach der Knutschfleckaktion immer wieder meine Nähe, als fühlte er sich jetzt dazu verpflichtet. Oder dachte er etwa, er wäre mein Freund?! Hilfe!

»Verpiss dich«, warf ich ihm mehr als einmal an den Kopf, wenn er wieder einmal beim Wandern neben mir herlief und auf meinen Hals starrte, wo das Dings inzwischen blau-rötlich-lila schimmerte. Phil dagegen schien sich nicht die Bohne für mich zu interessieren, was mir fiese Stiche in der Magengrube bescherte. Insgeheim verfluchte ich Jonas in eine andere Galaxie. Was hatte er nur mit seinem doofen Spiel angerichtet! Alles hätte so schön sein können ...

Eines Abends hatte Shark gerade ihre kornblumenblauen Leggingbeine auf den Tisch gelegt, da trat Pia zu uns und sagte: »Ihr seid die Coolsten.«

»Wie meinste denn das?«, wollte Shark wissen und funkelte Pia an.

»Ehrlich.« Die Antwort kam prompt. Pia hielt Sharks forschenden Blicken stand. Ich war mir sicher, sie fand nur Shark cool und nicht mich. Logo. In ihren Augen war und blieb ich das Lehrerinnenkind. Egal, was ich sagte, machte oder tat. Dass ich zudem meine Stimme ausbilden ließ und die Okarina mir im Schülerblog eine vielversprechende Karriere zugeschrieben hatte, machte die Angelegenheit für mich nicht besser. Ich merkte, wie ich auf meinem Stuhl in mich zusammensackte und am liebsten unsichtbar geworden wäre. Ein Gefühl, dass ich lange nicht mehr gehabt hatte. Nicht mehr, seitdem ich Shark kannte.

»Doch«, meinte Pia jetzt. »Finden die anderen auch. Die trauen sich nur nicht, verstehste?«

»Verstehe!« Shark nickte und setzte sich im Schneidersitz hin, die Leggings waren jetzt mohnrot.

Aus den Augenwinkeln bemerkte ich, wie Vanessa, Leonie und Michelle die ganze Zeit über zu uns hinüberstarrten, sich aber nicht trauten, näher zu kommen.

»Weißt du, jede von uns wäre gerne mit dir befreundet …« Pia rutschte näher an Shark heran. Selbst ich konnte ihren Kaugummiatem riechen.

»Freundinnen?!« Shark verzog amüsiert das Gesicht. »Ihr kratzt euch doch gegenseitig am liebsten das Make-up vom Gesicht. Und da wollt ihr mit mir befreundet sein?«

»Dann halt nicht!« Pia stand mit einem Ruck auf, dass ihr Stuhl krachend umfiel. »Mit uns hättest du wenigstens Spaß! Aber wenn du lieber mit der Langeweilertussi Linn abhängst …« Sie schenkte mir einen verächtlichen Blick.

»Linn hat euch das Leben gerettet!«, antwortete Shark schlicht und stand ebenfalls auf. Ganz leise sagte sie das, die Leggings waren jetzt so schwarz wie ihre Haare. Schwärzer.

Im Raum war es mucksmäuschenstill, keiner sagte auch nur einen Pieps. Selbst Jonas hatte aufgehört, an seinem Gerät zu zocken, und vergessen, in seinen Hafer-Crunchy-Riegel zu beißen.

Da stand Phil plötzlich auf, kam auf mich zu und drückte mir mit einem »Danke« einen Kuss auf die Wange. Ehe ich reagieren konnte, hatte er sich auch schon wieder umgedreht und war nach draußen verschwunden.

Völlig perplex sank ich auf meinen Stuhl. Wenn das mal keine Ansage war! Ich hatte also doch recht gehabt, die Briefe waren von ihm! Und er war die ganze Zeit über eifersüchtig wegen des Knutschflecks von Paul gewesen. Die Jungs aus meiner Klasse grölten und applaudierten. »Küssen, Küssen«, riefen Leo und Jonas um die Wette. Irgendeiner, ich glaube, es war Pascal, rief sogar: »Penis!« Mann, kindischer ging's wohl kaum, oder?

Nur Paul war still.

»Vergiss das mit der Freundschaft!«, meinte Pia knapp, es fehlte nicht viel und sie hätte mir vor die Füße gespuckt. Vanessa war in Tränen ausgebrochen und Leonie versuchte, sie mit tausend Taschentüchern zu trösten. Michelle saß verzweifelt daneben, ihre Wimperntusche löste sich gerade in schwarzen Fontänen auf. Suchend blickte ich zu Shark. Aber die schüttelte bloß grinsend den Kopf, dass ihre karierte Strähne nur so zur Seite flog.

Am nächsten Morgen stand ein Ausflug zum Wasserfall an. Das hörte sich aufregender an, als es in Wirklichkeit war, es bedeutete nämlich erst mal stundenlanges Hinwandern.

Als wir uns für den Ausflug startklar machten, rappte Shark vor sich hin, packte gut gelaunt ihre Trinkflasche und das Lunchpaket ein, trug eine orange getigerte Leggings zu ihren Boots und wirkte fröhlich wie lange nicht mehr. Zum Glück! Sie hatte anscheinend den scheußlichen Unfall und die Sache mit dem Busfahrer endlich verdaut. Beim Frühstück schob sie mir ihre Portion Nutella hin. »Für dich, meine Süße!«, wisperte sie. Mehr brauchte sie nicht zu sagen, ich verstand auch so, dass es ihre Art war, sich bei mir für alles zu bedanken.

Trotzdem fühlte ich mich an diesem Tag klein und mickrig. Die anderen Mädchen taten nämlich so, als wäre ich Luft. Mehrfach blickte ich an mir herunter und kniff mir in die Arme. Aber ich war weder durchsichtig noch weiß noch schwebte ich über den Boden. Ich war und blieb Linn aus Fleisch und Blut, Lehrerinnenkind, Lebensretterin und zum Neid aller von Phil mit einem Kuss bedacht, Pauls Knutschfleck zählte längst nicht mehr. Auf dem Picknickplatz hatten wir dann »freie Spielzeit«, wie sich der Nüsslein-Büchsenschütz ausdrückte, und durften in Rufnähe herumstromern. Im Gegensatz zu den Jungs, die sofort wie Viertklässler Rambo-like losstürmten und Dschungelcamp spielten, chillten sich die Mädchen auf die mitgebrachten Picknickdecken. Pia und Vanessa hörten Musik, Leonie döste mit geschlossenen Augen vor sich hin und Michelle feilte sich die Nägel.

»Komm, lass uns schwimmen gehen ...«, wisperte Shark und machte mir ein entsprechendes Zeichen. Ich war sofort Feuer und Flamme. Möglichst unauffällig schlichen wir das steinerne Flussbett entlang und als wir außer Sichtweite der Lehrer waren, kicherten wir wie verrückt los. Ausgelassen kletterten wir über die sonnenwarmen Steine.

»Dort drüben!« Ich deutete auf die gegenüberliegende Seite, wo es eine geschützte Badestelle gab. Schon hatte ich die ersten Bretter der schmalen Hängebrücke erklommen.

»Müssen wir?« Shark schaute mich skeptisch an, ihr war die Klettertour plötzlich nicht geheuer, das spürte ich ganz genau.

»Come on!«, rief ich zurück. »Hier ist es zum Baden zu unsicher, schau, die Strömung ist viel zu stark.«

»Okay, aber du gehst vor.«

Also kletterte ich mutig voran, die Brücke wankte und schwankte, aber irgendwann hatten wir es geschafft und waren auf der anderen Seite.

Ruckizucki zerrten wir uns unsere Klamotten vom Leib und sprangen in das eiskalte Wasser. Lachend spritzten wir uns gegenseitig nass, vergessen war das blöde Freundinnen-Tam-Tam mit den anderen Mädchen. Hier und jetzt gab es nur Shark und mich. Für einen Moment ließen wir uns rücklings im Wasser treiben, die Hände ineinander verschlungen. Und obwohl meine Körpertemperatur mit jeder Minute sank, war ich voll warmer Freundinnengefühle. Ich fror nicht die Bohne.

»Du bist echt die Coolste«, meinte ich und kicherte.

»Und du erst!« In Sharks Wimpern hingen kristallklare Wassertropfen, aber ihre Lippen waren blau angelaufen.

»Na komm, gehen wir!«, rief ich, und wollte sie noch mal untertunken, aber sie entzog sich geschickt meinen Händen und hechtete an Land.

»Hey, welcher Idiot ...«

»Ich fasse es nicht, unsere Klamotten sind weg!« Aufgebracht rannte ich am Ufer auf und ab. Die Kiesel unter meinen Füßen piekten unangenehm, aber von unseren Sachen fehlte jede Spur.

»Na warte, Agathe, das gibt Rache!« Shark rannte im Laufschritt los, über die Hängebrücke, die unter ihr unglaublich schwankte, aber das schien ihr unter diesen Umständen nichts auszumachen. Auf der anderen Seite pirschten wir uns vorsichtig an den Lagerplatz heran, aber der lag verlassen und vergessen, als ob dort nicht gerade eine Horde Jugendlicher auf Klassenausflug gewesen wäre.

»Komm, da drüben ist ein Unterstand, vielleicht gibt es dort Decken oder irgendwas ...«, rief ich, diesmal flitzte ich voran.

»Aber da sind Pferde!« Shark blieb vor dem Gatter stehen und verschränkte die Arme vor ihrer Brust.

»Ja, und? Sind doch keine Schnecken!« Ich fasste Shark an der Hand. »Komm, gemeinsam schaffen wir das. Denk an was Schönes, lenk dich ab! Und beeil dich, da braut sich ein Gewitter zusammen.«

»Da fällt mir nur einer ein«, meinte sie und jetzt klang ihre Stimme ganz weich.

»Mir auch ...« Ich grinste sie schief an und blieb mitten auf der Weide stehen, splitterfasernackt wie ich war. »Aber es ist doch doof, wenn wir beide in denselben Jungen verliebt sind ...«

Shark trat einen Schritt auf mich zu und legte mir die Arme um den Hals. So dicht vor mir stand sie jetzt, dass ihre Brüste meine berührten.

»Aber noch doofer ist, wenn wir uns wegen eines Jungen streiten«, meinte sie und schaute mir tief in die Augen, ein kristallklarer Blick; so klar wie das Gebirgswasser gerade eben, er ging mir bis auf den Grund meiner Seele und spürte jeden Gefühlskiesel auf. Ich bemerkte auch ihre muskulösen Oberschenkel. Oder waren es meine, die so durchtrainiert waren? In diesem Augenblick spürte ich ein weiches Pferdemaul auf meiner Schulter und warmen Atem, der mir in den Nacken blies. Ich bekam eine Gänsehaut.

GÄNSEHAUTMOMENTE SIND

WENN DU MICH ANSCHAUST UND DEIN BLICK WIE EIN REGENMACHER IN MICH HINEINRIESELT.

WENN DU MICH BERÜHRST UND DEIN FINGERABDRUCK MEINE HAUT ZUM GLÜHEN BRINGT.

WENN DU MICH ZUM LACHEN BRINGST UND DEINE FRÖHLICHKEIT WIE EIN FEINES NETZ ÜBER MEINEN GANZEN KÖRPER GLEITET.

16

Ein Windstoß trieb uns auseinander, gefolgt von krachendem Donner. Völlig unbemerkt war über uns ein Gewitter aufgezogen und wir schafften es in letzter Sekunde, uns in dem Unterstand vor einem Wolkenbruch der Extraklasse in Sicherheit zu bringen.

Zum Glück gab es dort tatsächlich ein paar Pferdedecken, in die wir uns einhüllten, so wurde uns wenigstens nicht kalt. Während wir eng aneinandergekuschelt darauf warteten, dass unseren treulosen Tomaten-Lehrern endlich auffiel, dass wir fehlten, prasselte draußen der Regen wie aus Gießkannen für Riesen. Die Pferde kamen zu uns unters Dach getrabt und sorgten für zusätzliche Wärme. Zufrieden an Sharks Schulter gelehnt, hörte ich ihrem friedlichen Malmen und Prusten zu, es wirkte beruhigend auf mich, Shark dagegen waren die Pferde nicht so geheuer.

Ich verlor völlig das Zeitgefühl und kann nicht sagen, wie lange wir in dem Unterstand zusammengekauert saßen. Von mir aus hätten wir uns für immer so nah und vertraut sein können, denn es fühlte sich gut an.

»Und was machen wir jetzt?«, fragte ich Shark nach einer Weile, da hatte es immer noch nicht aufgehört zu regnen und unsere Lehrer hatten uns immer noch nicht vermisst.

»Was willst du denn machen? Ein Leuchtfeuer? SOS funken?« Shark schaute mich mit ihren großen dunklen Augen an, in denen ich mich spiegeln konnte.

»Nicht wegen uns. Ich meine wegen Phil ...«

»Phil?!« Shark rückte ein Stück von mir ab. »Was ist mit dem?« Plötzlich klang ihre Stimme ganz reserviert.

»Das ist doch voll blöd, wenn wir ihn doch beide lieben und seine Freundin sein wollen ...«

»Wer sagt denn, dass ich seine Freundin sein will?« Am liebsten wäre Shark aufgesprungen, das spürte ich ganz genau, aber dann hätte sie mir die Decke weggerissen und so war sie ja dann doch nicht.

»Ich dachte ...?«

»Verstehe.« Mcine Freundin nickte. Sie sah mich abermals lange an. Durch und durch und von oben bis unten und zwischendrin, durch die Rippen direkt ins Herz. Dann straffte sie die Schultern und rückte wieder dichter an mich heran. »Es wird wohl Zeit, dass ich dir etwas erkläre ...«

Dann erfuhr ich, *warum* sich Shark in jüngster Zeit so seltsam verhielt. Zu meinem Erstaunen erklärte sie, dass sie weder in Phil verliebt noch eifersüchtig auf mich war, im Gegenteil. Die Wahrheit war erschütternd wie schlicht: Phil erinnerte sie an ihren Bruder, der im letzten Jahr einfach abgehauen war, niemand wusste, wohin. Und das, obwohl die Eltern kurz zuvor ums Leben gekommen waren.

Gebannt und mit wehem Herzen hörte ich ihr zu, wie sie von Maverick erzählte, der nach dem Tod ihrer Eltern Hals über Kopf in den nächsten Flieger gestiegen war. Shark hatte keinen Kontakt zu ihm, sie wusste also nicht, wo genau er lebte und ob es ihm gut ging oder nicht.

»Und dann taucht Phil auf! Verstehst du, wie ich mich gefühlt habe, als er plötzlich mitten im Englischunterricht im Türrahmen stand?« Shark blinzelte eine Träne hervor, ich drückte ihre Hand.

»Das muss furchtbar gewesen sein!«, murmelte ich mitfühlend.

»Ich wusste nicht, ob ich lachen oder weinen soll, mich darüber freuen, dass er wieder da ist. Oder weinen, weil er es nicht war. Phil ist nicht Maverick. Oder vielleicht doch? Wer weiß es schon? Ich versuche, es die ganze Zeit über herauszufinden. Am Ende erkennt er mich nicht. Du musst wissen, ich habe mich in der letzten Zeit sehr verändert, ich war letztes Jahr noch ganz, ganz anders.« Shark seufzte. Sie wirkte ganz weich, wie ein fünfjähriges Mädchen, am liebsten hätte ich sie auf meinen Schoß gezogen und getröstet.

»Aber als dein Bruder *muss* er dich doch erkennen!?«, fragte ich ungläubig.

»Das dachte ich ...«

»Und um herauszufinden, ob er es ist oder nicht, hast du all diese Spielchen abgezogen.«

»Kluges Mädchen! Als mein Bruder kann er sich ja

schlecht in mich verlieben, oder?« Shark grinste mich schelmisch an.

Ich nickte. Es klang logisch.

»Aber wäre es dir nicht lieber gewesen, er hätte sich nicht in dich verliebt?«, hakte ich nach einer Weile nach.

»Logo.« Das klang jetzt wieder traurig.

»Also ist er es nicht.«

»Ja.«

»Also macht es nichts ...«

»Ja.«

Diesen Dialog musste niemand verstehen. Das Einzige, was zählte, war, dass ich ohne schlechte Freundinnengefühle Phil treffen durfte, von ihm träumen, seine Briefe lesen und noch mehr.

Bingo, bollerte mein Herz, um mal wieder Bingo zu denken, auch wenn ich es gleichzeitig furchtbar fand, dass Shark ihren Bruder auf diese tragische Weise verloren hatte. Nicht zu wissen, wo das Liebste auf der Welt ist, musste ein grässliches Gefühl sein. Ich drückte meine Freundin feste an mich. Kein Wunder, dass sie manchmal so durchgeknallt und wie nicht von dieser Welt war. Wenn ich mir vorstellte, Oskar wäre auf einmal verschwunden und ich wüsste nicht, was mit ihm passiert wäre, ob er noch lebte und wo – ich wäre garantiert auch nicht mehr die brave, zuverlässige, supernette Linn. Ich würde alles dafür tun, ihn wiederzufinden! Shark war ganz alleine, dachte ich, ihre Eltern tot und ihr Bruder ... heißes Mitgefühl durchströmte mich. Zum Glück hatte sie ja jetzt mich!

Es dauerte noch mal tausend Blitze und noch viele Donner mehr, bis wir endlich gerettet wurden. Und zwar nicht von unseren Lehrern, die uns offensichtlich immer noch nicht vermissten, sondern von einer jungen Frau, der die Pferde gehörten und die zum Füttern ihrer Lieblinge gekommen war. Schnell hatte sie unsere missliche Lage erkannt, lachte sich halb schlapp über unsere Geschichte und brachte uns dann von der Unterhose bis zur Jacke alles, was wir als zivilisierte Mädchen brauchten.

Endlich angezogen und gesellschaftskompatibel, fuhr sie uns zur Jugendherberge, wo wir ohne weiteres Aufsehen in unser Zimmer gelangten. Dort lagen, fein säuberlich gefaltet und geschichtet, unsere Klamotten unschuldig auf unseren Betten, als hätten sie nur auf uns gewartet. Shark und ich wechselten einen überraschten Blick. Dann kicherten wir wie auf Kommando los, zogen uns um und flitzten zum Abendessen, das gerade begonnen hatte. Es war, als wären wir überhaupt nicht weg gewesen, niemand hatte uns vermisst und ich weiß noch, dass ich mich dreimal kniff, um sicherzugehen, dass ich die Geschichte mit Phil, Shark und den Pferden nicht geträumt hatte.

Zu meiner Überraschung suchte Phil fortan die Nähe zu mir – *und* zu Shark. Ich spürte, wie sie jedes Mal zusammenzuckte, sobald er auch nur in Sichtweite kam und jedes Mal zuckte ich gleich zweimal mit. Weil mein Herz Luftsprünge machte. Weil ich Mitleid mit Shark hatte, die ja ihren Bruder so arg vermisste. Und weil ich schrecklich froh darüber war, mich mit meiner Freundin nicht wegen eines Jungen streiten zu müssen. Offensichtlich übertrug sich unsere erneuerte Freundinnenschaft auch auf die anderen Mädchen unserer Klasse. Pia, Vanessa, Leonie und Michelle verhielten sich endlich wieder fröhlich und friedlich, keine Rede mehr von lackierten Fingernägeln und kratziger Konkurrenz, nur um Phils oder Pauls Aufmerksamkeit zu bekommen oder mir eins auszuwischen. Es war ein lustiges Miteinander, wir tauschten Kopfhörer und Kekse, Gekicher und Gegacker und wenn Jonas oder Leo einen blöden Spruch rissen, lachten wir sie einfach aus. Wir waren verliebt, verknallt, verschossen, volle Kanne – in uns!

»Da ist ganz viel Liebe drin«, meinte Shark, als wir auf der Rückfahrt nebeneinandersaßen. Diesmal in der ersten Reihe, für den Fall, dass der Busfahrer wieder schlappmachen würde. Die Wahrscheinlichkeit war jedoch gering, denn es handelte sich diesmal um eine Busfahrerin.

Phil saß direkt hinter uns, was meinen Puls deutlich höherschlagen ließ. Ich spürte seine Blicke und seinen Atem in meinem Nacken und das machte, dass ich an nichts anderes mehr denken konnte außer an ihn. Ich hörte nicht, was Shark mir alles über ihre neuen Longboard-Pläne erzählte und dass sie hoffte, endlich die Frau vom Jugendamt los zu sein, weil Tilda jetzt regelmäßige Bestätigungsmails schickte. Wenn auch vom anderen Ende der Welt – mittlerweile war sie in Vietnam –, so kümmerte sie sich doch um die Belange ihrer Cousine.

In meinem Bauch kribbelte und krabbelte es, als hätte ich Sharks Insektenlutschersammlung aufgelutscht. Ich bekam Phil weder aus meinem Kopf noch Herzen noch Bauch. Das Wochenende überlebte ich dann auch nur, weil ich einen – seinen! – Brief bekam, mit dem ich mich in mein Bett verzog und pausenlos vor mich hin träumte.

Ich stellte mir vor, wie er mich zum Eisessen einlud, mich mit Komplimenten überhäufte, nicht von meiner Seite wich, Händchen hielt. Wie er sich mit mir gemeinsam um Oskar kümmerte, für uns Spaghetti mit Tomatensoße kochte und wie er bei jedem meiner Konzerte in der ersten Reihe saß und begeistert applaudierte. Wie er die lästigen Fragen der Journalisten abwimmelte, nur damit wir beide Zeit für uns hatten. Um uns zu küssen und noch viel mehr.

Ich atme tief durch, schließe die Augen. Die Takte sind angezählt, die das Orchester spielt. Alle Blicke sind erwartungsvoll auf mich gerichtet, jetzt bloß kein Fehler, kein falscher Ton. Volle Konzentration. Noch ein tiefer Atemzug, dann geht es los. Meine Stimme klingt voll und klar, die Töne vibrieren durch den Raum, füllen die Luft und die Herzen. Ich singe von Liebe und Sehnsucht, von Gefühlen, wie ich sie nie kannte. Davon, wie es ist, warm und geborgen in deinen Armen zu liegen, zu wissen, ich bin aufgehoben und nicht alleine. Ich brauche keine Angst mehr zu haben, weil alles gut ist. Immer. Nie war ich dir näher als in diesem Moment, in dem ich dieses Lied für dich singe, mich mit dir verbinde, ein unsichtbares und doch so starkes Band zwischen uns, bestehend aus meinem Gesang.

Als ich die Augen öffne, sehe ich dich.

Am Montag in der Schule war dann aber alles ganz anders. Shark und ich wurden zum Rektor zitiert und mussten uns von ihm die Hände schütteln lassen. Er war offensichtlich sehr stolz und konnte gar nicht häufig genug erwähnen, welche Bereicherung wir beide für die Schulgemeinschaft waren, er würde uns auf dem Sommerfest extra würdigen. Woraufhin natürlich wieder alle über mich als Lehrerinnenkind lästerten.

Prompt ploppte wieder all der Mädcheneifersuchtskram hoch, den wir im Landheim ja vergessen hatten. Shark und ich gerieten wieder zu Außenseiterinnen der Klasse und Pia scharte die anderen Mädchen um sich. Allerdings gab es einen feinen kleinen Unterschied: Ich ließ mich diesmal nicht abwimmeln! Demonstrativ suchte ich Phils Nähe. Jedes Mal, wenn ich ihn sah, gab es einen freudigen Stich in meinem Herzen, der in den Bauch rutschte und mich wärmte. Ich nickte ihm immer vielversprechend zu und er nickte vielversprechend zurück. Oh, er war so süß, wie er still zwischen den Mädchen stand, hin und wieder lächelte und fast keinen Ton sagte.

»Was starrste den denn so an?« Es war Özge, die mich aus meinen Tagträumen riss, als ich wieder einmal auf dem Treppenabsatz stand und aus sicherer Entfernung Phil beobachtete, wie er mit Paul und Leo übers Smartphone gebeugt stand.

»Was geht dich das an?«, fragte ich zurück.

»Das ist voll peinlich!«, meinte sie. »Ich weiß gar nicht, was du an dem so toll findest ...«

Ich schenkte ihr einen stirngerunzelten Blick. »Das geht dich gar nichts an ...«

»Irgendwie schon.«

»Aha, und warum? Kümmere dich doch um deine eigenen Angelegenheiten.«

»Mal ehrlich, Linn, du machst dich echt zur Äffin«, machte sie weiter. »Wenn du dich sehen würdest ...«

»Was fällt dir ein?«, schnaubte ich sie wütend an. »Wer bist du, dass du dir erlaubst, mir so etwas zu sagen?«

»Deine Freundin?! Und wer, wenn nicht deine Freundin, darf dir die Wahrheit sagen?« Özge schaute mich durchdringend an. Ich bemerkte, dass sie die gleichen Augen wie Elyas hatte. Ihr Blick ging mir durch und durch.

»Freundin! Pah, dass ich nicht lache!«

Wie kam sie denn darauf?! Was sich Özge dabei wohl dachte ... aber ihre Worte gingen mir den restlichen Tag über nicht mehr aus dem Kopf. Ich hatte mich gerade erst wieder mit Shark versöhnt. Sie war meine einzige und beste Freundin, ich brauchte keinen außer ihr. Niemand verstand mich so gut. Niemand wusste, was ich dachte, was ich fühlte. Niemand konnte besser nachvollziehen, wie es war, einen kleinwüchsigen Bruder zu haben, der das gesamte Familienleben dominierte. Und war sie es nicht gewesen, die die grandiose Idee gehabt hatte, meiner Mutter eine neue Liebe zu suchen, damit sie endlich wieder bessere Laune hatte?

Nicht der Hass, wie die Weisen sagen, sondern die Liebe trennt die Wesen und bildet die Welt, und nur in ihrem Licht kann man diese finden und schauen. Nur in der Antwort seines Du kann jedes Ich seine unendliche Einheit ganz fühlen. (Friedrich Schlegel)

17

Wie gut, dass ich mich mit Shark nicht mehr wegen Phil streiten musste. Sie war nicht in ihn verliebt, sondern nur so durcheinander, weil er sie an ihren großen Bruder erinnerte. Gleichzeitig musste ich an ihre Bemerkung denken. Es mochte schon sein, irgendein Geheimnis verbarg er. Genau das machte ihn ja auch so interessant! Und deswegen war es mir auch egal, was die anderen von mir dachten, wenn ich mich gerne und oft in seiner Nähe aufhielt, das machten die anderen ja schließlich auch. Mit dem Unterschied, dass ich meiner Freundin vor Neid und Missgunst nicht die Augen auszukratzen brauchte. Weil wir eben richtige Freundinnen waren.

Nie im Leben würde ich mich von Shark trennen, das schwor ich mir in diesem Augenblick hoch und heilig. Lieber würde ich auf einen Jungen verzichten, dessen war ich mir sicher.

Um mich ihr nahe zu fühlen, ging ich in Sharks Wohnung, durch die Tür, die immer offen stand, auch wenn sie selbst wieder mal verschwunden war. Niemand wusste, wo Shark steckte und aus Erfahrung wusste ich, dass es keinen Sinn machte, sie zu suchen. Irgendwann würde sie wieder auftauchen, gut gelaunt und den Kopf voller verrückter Ideen ...

Während ihrer Abwesenheit sorgte ich in ihrer Wohnung für Ordnung. Ich fütterte Pepper mit ihrem geliebten Zitronenkuchen, säuberte den Boden von ihren Kackklecksen und goss die Pflanzen in der Wand. Manchmal sammelte ich herumhüpfende Frösche ein und brachte sie in den Wald. Oder ich pflückte Erdbeeren und kochte Marmelade daraus, die nach Schokokaramell schmeckte. Manchmal legte ich mich aber auch nur in die Hängematte, schaukelte träumend vor mich hin und schlief ein. Wenn ich dann aufwachte, fühlte ich mich immer ein bisschen wie Shark, stark und leicht verrückt. Aber weil ich ich war und nur ein kleines bisschen durchgeknallt, trug ich dieses Gefühl wie eine kleine Leuchtlaterne in meinem Herzen.

»Was meinste, wollen wir für eine Überraschung sorgen?«, fragte ich Pepper, die es sich mit mir gemeinsam in der Hängematte gemütlich gemacht hatte.

»Tschakatschak«, kam es zu Antwort, was so viel hieß: »Wenn du meinst, dass du ihr mit einer Freundschaftskette eine Freude machst, #gähn*schnarch*Langeweile ...«

»Jetzt hab dich nicht so ...« Ich knuffte Pepper liebevoll in ihr Federbäuchlein, sie hatte sich gerade über meine mitgebrachten Larven hergemacht, die ich Oskar stibitzt hatte. Da mussten seine Fische jetzt leider, leider Diät halten ...

»Picpicpac«, krakeelte sie fröhlich, hüpfte auf meine Schulter und begann, an meinem Ohrläppchen herumzuknuspern, dass ich eine Gänsehaut davon bekam.

»Halt, stopp, aufhören ...« Lachend wehrte ich sie ab, da setzte sie sich endlich auf meine Zehen und pickte dort herum. Auch gut, ich hatte noch Matsche aus der Küche daran, Sharks Fußboden war ein Biotop. Nicht so, wie du denkst, eher wie eine Waldwiese, mit Sandkuhlen, Gräsern und Blumen.

»Also gut, ich denke nach ... ich zähle auf und du sagst mir deine Meinung dazu, okay?« Ich wartete gar nicht erst lang Peppers Antwort ab, sondern begann, ihr meine Ideen zu unterbreiten.

»Wir tragen beide die gleiche geringelte Haarsträhne. Wir machen uns ein Tattoo auf die Brust als Zeichen unserer Herzensnähe. Wir tauschen unsere Ketten, wir ...«

»Tschakalaka!« Pepper unterbrach mich mit einem energischen Ausruf.

»Äh, ja?! Habe ich etwas Falsches gesagt?« Natürlich bekam ich keine Antwort von dem schrägen Vogel. Und natürlich ging ich zurück in meine Wohnung, ohne das geklärt zu haben. Ich könnte Shark ein Kissen nähen. Oder ein Bild malen. Oder ein Foto von mir schenken. Oder ihr eine Playlist zusammenstellen. Oder oder oder. Den restlichen Abend verbrachte ich mit tausend Ideen, ohne zu verstehen, was Pepper mir eigentlich sagen wollte.

Erst am nächsten Morgen fiel mir die Übersetzung von

Peppers Gekrächze ein: So ein Freundinnengeschenk ist supersüß, wollte sie sagen, mach doch einfach und überrasche sie damit.

»Echt jetzt???« Ich saß abermals vor Pepper und schaute sie fragend an. Wie ein Orakel. Aber die Elster tat mir nicht den Gefallen, mir weiter auf die Sprünge zu helfen. Stattdessen führte sie mich zu ihrem Nest, wo zu meiner Überraschung vier Eier lagen, umgeben von jeder Menge silberfunkelndem Glitzerkram.

»Och nö, ne!«, entfuhr es mir. »Herzlichen Glückwunsch! Wusste gar nicht, dass du auch datest.«

»Tschakatschaka«, machte Pepper und diesmal war ich mir sicher, sie richtig verstanden zu haben.

1

Du brauchst vier Fäden mit mindestens 1 Meter Länge in deinen Lieblingsfarben. Verknote sie am oberen Ende miteinander und befestige sie gut auf der Tischplatte mit Tesafilm. Lass oben genügend Fäden überstehen, damit du später dein Armband gut verschließen kannst.

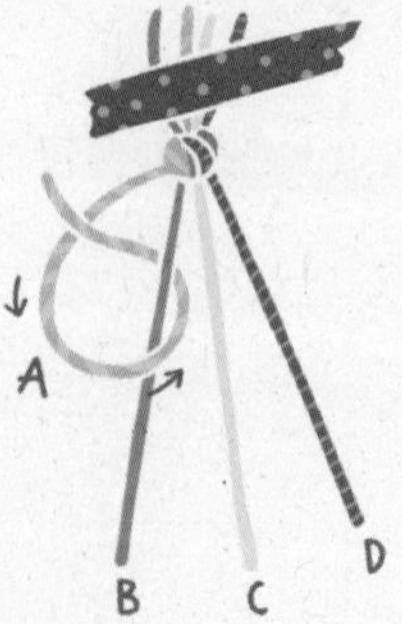

2
Beginne mit Faden A, lege ihn über Faden B und mache einen Knoten. Halte dabei die Fäden schön straff und achte darauf, dass die Knoten gut festgezogen sind.

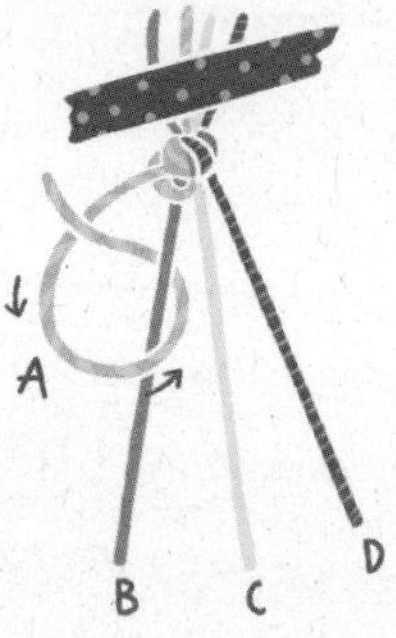

3
Jetzt machst du mit Faden A noch mal einen Knoten mit Faden B; danach mit Faden A zwei Knoten mit Faden C und danach mit Faden D. Jetzt liegt Faden A rechts außen.

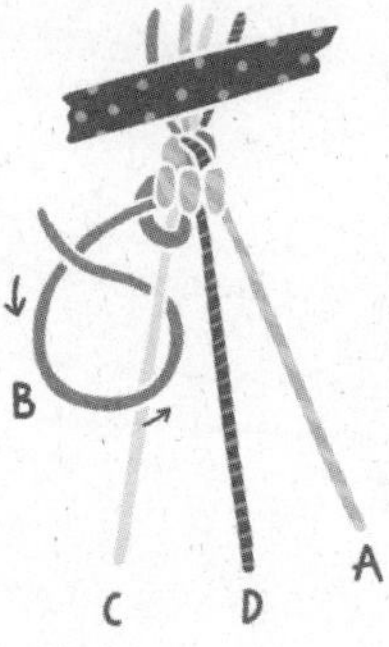

4
Jetzt geht's weiter mit Faden B: Jeweils zwei Knoten mit C, dann mit B, D und A. Dann fängst du mit C an und so weiter, bis das Band fertig geknüpft ist und dir um dein Handgelenk reicht.

Dank Annetta machte ich große Fortschritte beim Singen, sie war wirklich eine tolle Lehrerin und ich war Mama dankbar. Für meinen Geschmack machte sie zwar viel zu viele Basisübungen, aber ich merkte, wie mein Stimmvolumen dadurch kräftiger und ausdauernder wurde, ganz langsam, nach und nach.

Es fiel mir allerdings schwer, mich auf meine Noten und Übungen zu konzentrieren, denn ständig spukte Phil in meinem Kopf und in meinem Herzen herum und so hatte ich eines Tages eine grandiose Idee: Ich würde ihn mit einem Ständchen überraschen! Dazu musste ich herausfinden, wo er wohnte ... und natürlich ein cooles Lied aussuchen, dass zu ihm – zu uns! – passte. Schließlich war ich Phil eine Antwort auf all seine Briefe längst schuldig, er sollte wissen, dass ich ebenso verliebt in ihn war wie er in mich. Also durchstöberte ich die Charts nach aktuellen Liebesliedern und blieb dann irgendwann bei Celine Dion und *My heart will go on* hängen. Schon immer hatte es mir dieses Lied angetan, seit ich das erste Mal den Film *Titanic* geschaut hatte, ich hatte es nur immer ein bisschen kitschig gefunden und die Sängerin blöd. Es war auch überhaupt nicht schwer nachzusingen und so übte und sang und übte ich den Refrain wieder und wieder. Bis alles perfekt saß und ich sicher sein konnte, mindestens als zweite Celine Dion durchzugehen.

Nur leider leider rasselte ich bei dieser Gelegenheit wieder mit meiner Mutter aneinander, die mich kurzerhand aus der Wohnung schmiss, weil sie dieses unsägliche Gejammer nicht hören wollte, wie sie sich ausdrückte. Und das sagte ausgerechnet sie, die sonst immer mit schmachtenden Augen, verzückt und der Welt entrückt vor dem Fernseher saß, wenn Rosamunde-Pilcher-Filme liefen!

Aber ich hatte keine Lust auf Stress mit meiner Mutter, deswegen ging ich zum Singen in den Keller. Dort war die Akustik sowieso viel besser! Und weil sich so gut wie nie jemand hier herunter verirrte, konnte ich auch ungestört üben. Laute mit den Lippen formen, Tonleiter rauf und runter singen, meine Atemübungen machen – so, wie es mir Annetta beigebracht hatte. Die eine oder andere Träne der Rührseligkeit verdrücken. Wieder durchatmen und »go oooooooooon« so lange wie möglich halten, ohne dass ich jemanden damit nervte.

Dachte ich. Denn als ich nach einer Stunde üben endlich mit dem Ergebnis zufrieden war, applaudierte es aus der hinteren Ecke.

»Hey, das klingt schön!« Elyas kam mir entgegen und grinste mich an.

»Was machst du hier?«, erwiderte ich und lief unter Garantie granatenrotmäßig an. Wie peinlich war das denn, ausgerechnet von ihm beim Singen ertappt worden zu sein! Gut, dass er wenigstens nicht sehen konnte, wie mir der Schweiß den Rücken runterschoss.

»Dir zuhören!«, erwiderte er frech.

»Und sonst noch? Jetzt sag mir nicht, dass du freiwillig hier unten hockst, wo draußen das schönste Frühlingswetter ist ... du könntest mit deinen Kumpels um die Häuser ziehen und Döner essen.« Ich schlug mir erschrocken auf den Mund. Hatte ich das gerade echt gesagt?

»Geht's noch? Du hast sie doch nicht mehr alle«, fuhr er mich auch prompt an, seine gute Laune von eben mit einem Schlag verschwunden. Er machte Anstalten, an mir vorbeizugehen und mich dabei in die Seite zu boxen.

»Sorry, war nicht so gemeint.« Ich hielt ihn am Ärmel fest.

»Komm, lass. Ihr seid doch alle gleich.« Elyas schüttelte mich ab wie ein lästiges Insekt. Schmollend schob er die Unterlippe vor.

»Woher willst du das denn wissen, hä?« Ich guckte ihn provozierend an, aber er wich meinem Blick aus. Traurig sah er aus. Voller Kummer und Sorgen. Und so, als hätte er geweint.

»Interessiert dich ja doch nicht!«

»Und wenn doch?«

Wir schwiegen. Oben hörte man den Türsummer und laute Stimmen, es war Ildikó, die mit ihrer neuen Freundin nach Hause kam. In jüngster Zeit war sie schon am Nachmittag nicht mehr nüchtern anzutreffen. Mama hatte neulich eine entsprechende Bemerkung gemacht, weil Frau Müller sich bei ihr ausgeweint hatte. Ildikó schwänzte jetzt fast täglich die Schule und hing nur noch mit ihrer Clique ab, rauchte und kiffte und war längst nicht mehr die brave Tochter, die sich Frau Müller so gewünscht hatte.

Seltsam, dass der Pistorius bei dem Krach nicht herausgeschossen kam ... war der etwa krank?

»Tut mir leid, wenn es dir nicht gut geht«, wagte ich

einen neuen Versuch und meinte es ehrlich. »Und sorry für meine unbedachte Bemerkung.«

Elyas nickte. Er starrte immer noch auf den Fußboden und knetete seine Hände. Als wäre es *ihm* peinlich, dass ich ihm gegenüberstand, dabei war *er* es doch gewesen, der aus seiner Deckung aufgetaucht war und mich angesprochen hatte.

Wahrscheinlich würden wir heute immer noch so dastehen, hätte oben nicht abermals die Tür geklappert. Diesmal war es tatsächlich der Pistorius, man hörte, wie er an den Briefkästen rumorte.

»Komm.« Mit einem Ruck nahm mich Elyas an die Hand und zog mich mit sich. Zu meiner Überraschung führte er mich in den Kellerverschlag der Topraks, wo er sich ein Matratzenlager gebaut hatte. Daneben stand eine umgedrehte Wasserkiste als Hocker, ein Karton mit Büchern, eine Gitarre, Keksschachteln und Pizzakartons. Seine Schultasche stand daneben. Plötzlich kapierte ich.

»Du wohnst hier?« Es war mehr eine Feststellung als eine Frage. »Wie lange schon?«

Elyas schluckte und ließ meine Hand los, die unter seiner Berührung unglaublich warm geworden war. Statt einer Antwort setzte er sich auf die Kiste und bedeutete mir, es mir auf der Matratze gemütlich zu machen.

»Schon lange …« Er schnaubte verächtlich. »Du hast ja keine Ahnung, was bei uns zu Hause abgeht. Seit wir diese Briefe bekommen, ist meine Mutter total verängstigt. Und mein Vater will nicht wahrhaben, dass es etwas mit der Moschee zu tun hat, die er regelmäßig besucht.

Der Imam dort ist nicht besonders tolerant, wenn du verstehst. Er fordert von seinen Mitgliedern bedingungslosen Gehorsam. Und mein Vater tut alles, was er sagt! Er will sogar, dass Mama wieder ihr Kopftuch trägt, aber die pfeift ihm was. Du weißt gar nicht, wie oft wir deswegen streiten, weil ich der Meinung bin, wir müssen offener und moderner sein. Entsprechend ist er auch den Deutschen gegenüber nicht besonders, nun ja, sagen wir: freundlich eingestellt. Was zur Folge hat, dass wir von diesen rechtskonservativen Menschen angegriffen werden, die uns am liebsten dorthin zurückschicken würden, wo wir herkommen.« Elyas seufzte. Ich schaute ihn betroffen an. Darüber hatte ich mir noch nie Gedanken gemacht, dass ausgerechnet Topraks mit den Schmierereien am Haus zu tun hatten.

»Das muss schlimm sein ...«

»Meine Mutter traut sich ja schon gar nicht mehr aus dem Haus«, fuhr Elyas fort. Seine Stimme war ganz weich geworden. »Sie ist viel moderner eingestellt als mein Vater. Mama will auch nicht, dass Özge ein Kopftuch trägt, aber mein Vater besteht in jüngster Zeit darauf ... deswegen streiten sie ständig.«

»Und weil du es nicht aushältst, bist du in den Keller geflüchtet, verstehe.« Ich schluckte. Jetzt war ich es, die zu Boden schaute, weil ich Elyas durchdringenden Blick nicht aushielt, der auf mir ruhte. »Kann ich dir irgendwie helfen?«

»Klar. Indem du hier nicht mehr deine grottigen Gesangskünste zum Besten gibst und mich hier in Ruhe hausen lässt.« Er stupste mich neckisch mit dem Fuß an, ich hörte das Grinsen in seiner Stimme. Endlich war er wieder der Alte. Da hob ich meinen Kopf und schaute ihn an, direkt in seine dunklen Augen, die mich warm anlachten.

»Deal!«, sagte ich und sein Lächeln kitzelte mein Herz. Und zum ersten Mal fiel mir auf, dass er Grübchen hatte.

The Best-of-Schmachtsongs:

Love me like you do / Elie Goulding
Just the way you are / Bruno Mars
Wonderwall / Oasis
Someone like you / Adele
Can't help falling in love / UB40
Jungle drum / Emilia Torrini
Chasing cars / Snow Patrol
Everybody hurts / R.E.M.
Careless whisper / George Michael
Stay / Rihanna
Try / Pink
Eternal flame / Bangles
Clocks / Coldplay
Don't speak / No Doubt

18

Die Sache mit Topraks ließ mich so schnell nicht los. Und dass Elyas im Keller wohnte, auch nicht. Einerseits fand ich es cool, wie er sich dort unten eingerichtet hatte, mit Nachttisch und Kühlschrank und allem Drum und Dran. Sogar seine Gitarre hatte er mitgenommen. Andererseits fand ich es befremdlich, dass jemand lieber im dunklen Keller wohnte, womöglich sein Essen mit Ratten teilte und jedes Wasserrauschen hörte, das durch die Rohre an ihm vorbeigurgelte, als bei seiner Familie zu sein. Doch ich hatte keine Zeit, mir allzu viele Gedanken über Elyas zu machen, denn Shark war mal wieder so plötzlich aufgetaucht, wie sie verschwunden war, und sprudelte nur so vor verrückten Einfällen.

»Hast du einen Clown gefrühstückt?«, meinte ich scherzhaft, als sie mir mit »OLLAH« die Tür öffnete und an diesem Tag alles verdreht aussprach. Nicht nur das: Sie trug auch ihre sämtlichen Klamotten verkehrt und kreuz und quer: Die Strümpfe an den Armen, den Rock als Shirt und die Unterhose auf dem Kopf.

»Tuten Gag! Romm kein! Willst du auch eine Läuterkrimonade? Oder lieber Sirschkaft?«

»Komm schon, was soll der Quatsch?« Ich verstand kein Wort von dem, was sie sagte. Zum ersten Mal, seit wir uns kannten, fand ich ihr Verhalten kindisch. Missmutig hockte ich mich zu ihr an den Küchentisch auf den Fliegenpilzhocker.

Aber Shark ließ sich nicht beirren, sie plapperte unbeirrt weiter. »Ich hätte da noch Keopardenlekse, Maubeerbluffins, Stienenbich, Karmormuchen, Kanillevipferl, Tokoschorte ...«

»Jetzt krieg dich wieder ein.« Ich rollte genervt die Augen und angelte nach einem Stück Zimtschnecke.

»Vielsperbererin ...« Shark streckte mir die Zunge raus, rollte die Augen und ihre Haare standen wild in alle Richtungen.

Schweigend saßen wir uns gegenüber und hatten uns nichts zu sagen, ihre Küche wirkte mit einem Mal schlammgrüngrau, öde und leer. Dass Shark einen Spruch nach dem nächsten riss und sich selbst am meisten über ihre Wortschöpfungen kaputtlachte – Crabarberrhumble, Pake-Cops, Kitronenzuchen – ließ meine Mundwinkel noch nicht mal zucken.

Erst als ich ihr mit einem »Augen zu« mein selbst geknüpftes Freundschaftsband ums Handgelenk legte, wurde sie mit einem Schlag wieder normal und küsste mich begeistert auf die Nase.

»Du musst dir was wünschen«, sagte ich. »Bei jedem Knoten hast du einen Wunsch frei.«

»Okay.« Shark grinste. »Mach.«

»Aber du darfst es nicht sagen, nur denken.«

»Schon klar.«

»Zwei.«

»Hhmmh.« Ich wusste genau, was sie sich gewünscht hatte.

»Und drei. Fertig.«

Strahlend drehte Shark ihren Arm. Das Band stand ihr ausgezeichnet und passte ganz wunderbar zu ihrer karierten Strähne, Kunststück, ich hatte dieselben Farben gewählt.

Trotz der tollen Stimmung zwischen uns traute ich mich mal wieder nicht, sie zu fragen, wo sie denn die ganze Zeit über gesteckt hatte. Während sie aufdrehte und weiterhin lauter Quatsch abließ, wurde ich immer stiller. Ich wollte endlich wissen, wo sie sich immer hinflüchtete, wenn sie nicht auffindbar war. Glücklicherweise war die Przybilla vom Jugendamt nicht aufgetaucht, um Stress zu machen. Ich hätte nicht gewusst, welche Ausrede ich ihr diesmal hätte auftischen sollen. Jetzt, wo ich ihr Geheimnis kannte, könnte sie mir doch auch sagen, was sie in dieser Zeit machte, oder? Aber ich traute mich nicht und Shark überhörte jede zarte Andeutung meinerseits. Dafür quakte sie umso lauter daher wie ein pubertierender Zwölfjähriger, der Worte wie Popel, Pupse und Penis zum Wiehern komisch fand. Das machte die Sache nicht einfach für mich. Shark war nach wie vor nur zu Späßchen aufgelegt, egal wie oft ich sagte: »Hey, ich muss mit dir reden« oder »Jetzt lass mal gut sein!« Shark war einfach nur auf Blödsinn aus. Als sie aber dann meine stumme Miene bemerkte, schwieg sie von jetzt auf gleich, Freundschaftsarmband hin oder her.

So saßen wir in der Küche und muffelten uns an, trockener als Marmorkuchen, einfallsloser als Kirschplunder, langweiliger als Rosinenbrot.

Da spürte ich, wir mir plötzlich etwas auf der Zunge brannte. Nein, kein Herpes und auch kein zerbissener Kirschkern, sondern eine Frage.

»Wo bist du eigentlich, wenn du nicht da bist?«, wollte ich wissen. Shark war sowieso aus unerfindlichen Gründen sauer auf mich, ich hatte also nichts mehr zu verlieren. Und außerdem interessierte mich seit Sharks erstem Verschwinden brennend, wo sie steckte, wenn sie wochenlang abgetaucht war. Was hatte ich mir schon alles ausgemalt:

Shark hatte in einem Schuppen eine Katze entdeckt und kümmerte sich um sie und ihre Jungen, für die sie Wasser und Futter heranschleppte.

Shark hatte einen Zweitwohnsitz in einem Schrebergarten, in dem sie alleine mitten zwischen Dahlien, Sonnenblumen und Stangenbohnen ein zufriedenes Gärtnerleben lebte.

Shark hatte eine Ersatzfamilie, bei der sie wohnte, eine Ersatzmama, mit der sie vorm Einschlafen kuscheln und mit der sie über alles reden konnte. Einen Ersatzpapa, der sie aufmunternd in die Arme zog und der für sie Schulbrote schmierte. Ersatzgeschwister, mit denen sie toben, spielen und streiten konnte, bis die Fetzen flogen. Familienrituale von Frühstück bis Fernsehabend, Osterbrunch und Weihnachtsplätzchenbacken.

Aber nichts von alldem war wahr, wie sich herausstellte, aber es dauerte noch eine Weile, bis Shark anfing zu reden.

Auf meine Frage hin guckte sie mich verwundert an und sagte lange Zeit nichts, so, als müsse sie darüber nachdenken, ob sie mir wirklich die Wahrheit erzählen wolle. Aber dann nickte sie.

»Komm, kuscheln wir uns in die Hängematte«, sagte sie und zog mich mit sich in das Gestell, das in der Küche zwischen zwei Bäumen hing. Mit leisem Schwung nahmen wir Platz und kuschelten uns aneinander.

»Weißt du, es ist so ...«, begann sie umständlich und zupfte an unserem Freundschaftsarmbändchen herum. »Seit dem Tod meiner Eltern kümmert sich das Jugendamt um mich, das ist hier in Deutschland so. Also wohne ich in einem Kinderheim und werde von Erziehern betreut, die sich darum kümmern sollen, dass es mir gut geht.« Shark machte eine Pause und seufzte.

»... aber in Wirklichkeit geht es dir in diesem Kinderheim überhaupt nicht gut, stimmt's?«, schloss ich daraus.

»Stimmt. Das ist total frustrierend und öde! Nur Regeln, Regeln, Regeln! Schlimmer als in der Schule! Schlimmer als der Pistorius!« Shark grinste schief. »Ich halte es da nicht aus! Ab und zu muss ich abhauen ... und dann bin ich hier ...«

»… und weil die dich aber suchen und vermissen, musst du ab und zu wieder zurück, bevor die Polizei kommt. Kapiere.« So langsam ergab alles für mich einen Sinn, setzten sich die Puzzleteile zusammen. Auch, warum Shark nach der Sache mit dem Busfahrer nicht mit aufs Pressefoto wollte.

»Die gute Przybilla tut ihr Bestes, schließlich hat sie die Verantwortung, auf mich aufzupassen«, machte Shark weiter. »Irgendwann hat sie herausgefunden, dass Tilda meine Cousine ist, und war mehr oder weniger beruhigt, als sie mitbekam, wie ich hier wohne. Ihr verdanke ich, dass ich hier mein Ding machen darf, weil sie sich selbst davon überzeugt hat, dass es mir gut geht.«

»Echt jetzt?« Überrascht schaute ich sie an. »Die Przybilla deckt dich?«

»Yapp!« Shark nickte. »Und weißt du, was das Beste ist? Deine Mutter macht mit!«

»Echt jetzt?«, wiederholte ich mich. »Mama weiß, dass du hier alleine wohnst und macht keinen Stress?«

»Kannste mal gucken. Deine Mutter ist die Beste, *echt jetzt.*« Shark lächelte. »Ich habe ihr versprechen müssen, regelmäßig zu essen, zu lernen und die Schule nicht zu vernachlässigen. Und dass ich auf dich aufpasse …«

Ich schüttelte den Kopf. Mama wusste Bescheid und machte mit Shark und der Przybilla gemeinsame Sache! Und mir hat niemand etwas gesagt! Für einen kurzen Moment wollte ich sauer sein, aber dann freute ich mich wie Bolle für meine Freundin. Wie toll war das denn!

»Damit die Sache nicht auffliegt und sie keinen Ärger

bekommt, muss ich mich regelmäßig im Kinderheim blicken lassen und so tun, als würde ich reumütig wieder zurück in den Schlafsaal kehren. Ich führe also eine Art Doppelleben. Aber hier geht es mir richtig gut!« Shark kicherte ihr typisches Shark-Kichern – und ich lachte mit. Vergessen war das muffelig-blöde Gefühl von gerade eben. Alle warmen Freundinnengefühle gluckerten durch meinen Bauch. Ich rückte noch dichter an sie heran.

»Klar geht es dir hier gut«, sagte ich leise und drückte ihre Hand.

»Du hast ja mich!«

Da strahlte sie mich an und ihre Augen glänzten dabei, als wolle sie ein bisschen weinen vor Glück. »Weißt du, was ich der Przybilla gesagt habe? Linn ist meine beste Freundin – mehr Familie brauche ich nicht.«

Da fiel ich Shark um den Hals und drückte sie fest und wusste, dass unser Freundschaftsband mehr war als nur ein paar geknüpfte bunte Fäden.

Glücklich lief ich an diesem Abend zurück in unsere Wohnung, erledigte fix noch meine restlichen Hausaufgaben und räumte sogar freiwillig die Spülmaschine aus und ein. Nachdem ich Oskar vorm Schlafengehen den Rücken mit einer besonders stinkigen Arnikatinktur eingerieben hatte – er hatte seit Neustem starke Rückenschmerzen, die durch diese Behandlung gelindert werden sollten –, wollte ich mich aufs Dach flüchten, um in Ruhe nachzudenken und meine Gefühle zu sortieren. Shark war also ganz alleine, ein Waisenkind, das eigentlich in ein Heim gehörte, sich aber selbst hier bei uns im Möbiusweg bei Tilda eine Ersatzfamilie gesucht hatte. Aber ich kam nicht weiter als bis zu unserer Fußmatte vor der Haustür. Denn dort lag ein Brief – in Flamingopink! Schon wieder! Mein Herz bollerte wie wild. Mit fliegenden Fingern wollte ich den Umschlag aufreißen, da stand Shark plötzlich wie aus dem Nichts vor mir und wirkte aufgebracht.

»Gib den her!«

»Was? Spinnst du!«

»Gib schon!«

»Der ist für mich!«

»Ist er nicht.

»Und wessen Name steht da drauf?«

»Deiner nicht!«

»Deiner auch nicht!«

Ich hielt in meiner Wuttirade inne, drehte und wendete den Umschlag. Tatsächlich. Er war nicht adressiert.

»Dann machen wir ihn eben gemeinsam auf«, blaffte ich weiter und schaute Shark provozierend an. Was die sich wieder einbildete. Ich spürte, wie ich innerlich bebte. Vor Wut. Und Neugier. Vergessen unsere friedlichen Freundinnengefühle. Ich war stinksauer.

»Phil spielt doch nur mit euch allen und ihr seid so blöde und checkt es nicht.« Das kam plötzlich und unvermittelt. Shark wirkte fünfmal größer als sonst. Wie ein Riese auf Stelzen schwankte sie drohend über mir, vielleicht lag es auch an den Treppenstufen, auf denen sie stand.

»Phil ist nicht so einer!«, schnaubte ich. »Das müsstest du doch am besten wissen, oder?« Ich guckte sie verwundert an und verstand nicht, was sie schon wieder hatte. Damals auf der Pferdeweide hatten wir das Thema doch ausführlich besprochen. Einer, der sie an ihren Bruder erinnerte, konnte doch so falsch nicht sein. Alles geklärt und erledigt.

»Und wenn doch? Woher willst du das so genau wissen?«, machte Shark weiter. »Was ist, wenn er jedem Mädchen aus der Klasse solche Briefe schreibt ... oder Nachrichten ... oder oder oder, hä? Biste dann immer noch so rosapink verliebt oder merkste dann endlich mal, was das für einer ist?«

Wumm! Das saß. Vor allem, weil ich sofort die Szene im Chemiesaal vor Augen hatte. Phil hatte seinen Spaß mit Mädchen, ohne Frage. Und er datete heimlich jemanden. Nicht Shark, wie sich ja herausgestellt hatte.

Aber ich mochte nicht glauben, dass ich mich in ihm getäuscht haben sollte. Nicht in einem, der so wunderschöne, warmherzige Briefe verschickte! Und selbst wenn er mit anderen Mädchen chattete: *Ich* war es, der er Briefe *schrieb*. Wo gab es denn so etwas heute noch? Das war romantisch und supersüß.

»Ich meine es doch nur gut mit dir, das weißt du doch«, schob Shark sanft hinterher und war wieder auf ihre Normalgröße geschrumpft. Sie klang wie meine Mutter, wenn sie mir mit besorgter Miene erklärte, warum sie mir verbot, in Hotpants zur Schule zu gehen.

»Schon kapiert ...« Schnell wollte ich den Brief in meiner

Hosentasche verschwinden lassen, um sie zu beschwichtigen. Machte ich mit Mama auch immer. Sagte jaja. Und machte dann doch, was ich wollte. Hotpants anziehen zum Beispiel. Oder heimlich für Jungs schwärmen.

Shark war schneller und riss ihn mir aus der Hand.

»Komm, wir öffnen ihn – auf drei!«, rief sie und, ohne eine Antwort abzuwarten, hatte sie den Umschlag aufgerissen. Zu unserer Überraschung purzelten uns lauter bunte Konfettinoten entgegen. Und ein Konzertticket für das *Rebel-Leaves*-Festival, das in zwei Wochen stattfinden würde. Schnell bückte ich mich danach. Ich wusste sofort Bescheid.

»Boah, ich fasse es nicht!« Ich drückte die Karte an mich und hüpfte dreimal im Kreis. »Er hat mich eingeladen, er hat mich eingeladen!«

»Sieht so aus ...«, murmelte Shark und pflückte die Noten aus der Luft. Ihr Gesicht wirkte grau und fahl und faltig. Wie das von einer hundertjährigen Frau, deren Haut schon lange nicht mehr gebügelt wurde.

DIESES MUSIKFESTIVAL IST MEGA UND ICH FREUE MICH DARAUF, MIT DIR GEMEINSAM DORTHIN ZU GEHEN! ÜBERALL STEHEN LIEGESTÜHLE,

HÄNGEN WIMPEL UND LAMPIONS IN DEN BÄUMEN, LIEGEN DECKEN AUF DEN WIESEN, AUF DER KLEINEN BÜHNE AM WALDRAND SPIELEN DIE BANDS, WÄHREND GROẞE UND KLEINE MENSCHEN GEMEINSAM TANZEN ODER ABHÄNGEN. ES IST EIN FESTIVAL DER MUSIK, DER FREUNDSCHAFT, DES FRIEDENS – UND DER LIEBE!

Bis zum Konzert war ich garantiert geplatzt vor lauter Aufregung und an der Geheimniskrämerei erstickt. Denn klar durfte von den anderen Mädchen keine wissen, dass ich mich mit Phil treffen würde, er mir heimlich Liebesbriefe schrieb und mich sogar zum Konzert eingeladen hatte. Also schenkte ich ihm am nächsten Tag vielsagende Blicke und er schaute ebenso intensiv zurück. Aber wir sprachen kein Wort und grüßten uns auch nicht, egal, ob wir zur Gruppenarbeit eingeteilt wurden oder uns zufällig im Schulflur begegneten. Letzteres kam immer öfter vor und ich fragte mich, ob es wirklich Zufall war oder nicht, dass wir uns so oft trafen.

Manchmal hatte ich sogar das Gefühl, er verfolgte mich. Im Bus, auf der Straße, im Park. Aber immer, wenn ich mich umdrehte, war niemand zu sehen.

Von Shark erntete ich für mein Verhalten fortan nur skeptische Blicke. Zum Glück aber hatte sie aufgehört, mir Vorhaltungen zu machen und sich wie Frau Przybilla herself aufzuspielen. Es reichte, wenn mich Mama jeden Morgen freundlich darauf hinwies, mich nicht zu freizügig zu kleiden, an meiner Nagellackfarbe herummeckerte und immer ganz genau wissen wollte, wann ich nach Hause kam. Als ob ihre Festplatte einen Repeat-Bug hätte.

Oskar spielte sich ebenfalls auf, tat so, als wäre er der Mann im Haus, der über alles zu bestimmen hatte. Für einen, der nie größer als Einmeterunddreißig werden würde, riss er seine Klappe ganz schön weit auf. Keine Ahnung, woher er von diesen Briefen und meinem bevorstehenden Date wusste, wahrscheinlich hatte sich Shark ihm gegenüber verplappert, als sie mit ihm gemeinsam bei Ole die Guppys gesittet hatte. Aber jedes Mal, wenn von Phil die Rede war, verdrehte er schwärmerisch die Augen, griff sich theatralisch ans Herz und machte Kussmündchen dazu.

Als es mir wieder mal in der Wohnung zu eng wurde und ich diesmal wirklich aufs Dach flüchten wollte, hörte ich Gitarrenklänge das Treppenhaus hinaufspielen. Ich schloss verzückt die Augen, es klang wunderschön, wer immer das war, er konnte spielen und verstand etwas von Musik.

Dann begann derjenige zu singen, in einer Sprache, die ich nicht verstand. Völlig ergriffen und gebannt schlich ich zwei Stockwerke tiefer, öffnete die angelehnte Kellertür und setzte mich auf die oberste Stufe. Hoffentlich kam der olle Pistorius jetzt nicht plötzlich von irgendwo her, ich wüsste nicht, wie ich ihm erklären sollte, warum ich hier saß.

Doch! Wenige Takte später wusste ich es genau. Dort unten sang jemand in einer mir fremden Sprache und trotzdem hatte ich das Gefühl, ich verstünde jedes Wort. Die Stimme war tief und klangvoll, sie kam von ganz innen drin. So konnte nicht jeder singen. Mit geschlossenen Augen saß ich da und lauschte verzückt, wie derjenige die Saiten zupfte, sie zum Vibrieren brachte. Insgeheim summte ich mit, wippte mit den Füßen, träumte mich weg in die Arme von Phil, die mich warm und liebevoll umschlossen und festhielten, als wollten sie mich nie wieder loslassen. Es war der liebste meiner Tagträume, morgens, mittags, abends, in der Schule und im Bus dachte ich an ihn, vorm Einschlafen sowieso. Dann kribbelte mein Körper überall, ich musste mich anfassen und glücklich streicheln und stellte mir vor, es wären Phils Küsse, die ich in meiner Ellenbogenbeuge spürte. Auch jetzt entfuhr mir ein tiefer Seufzer, es war einfach zu schön mit ihm. Noch zwei Tage, dann würde ich Phil endlich alleine treffen, er würde mir seine Liebe gestehen und die Geheimniskrämerei hätte endlich ein Ende. Ich würde ihn richtig küssen und er mich, ich wäre in seinen Armen geborgen und ...

»Was machst du da?«, riss mich jäh eine Stimme aus meinen Gedanken. Sie hörte sich nicht freundlich an und stand genau neben mir.

»Tut mir leid ... «, beeilte ich mich zu sagen und löste die Lippen von meinem Arm. Wie peinlich war das denn ... Elyas stand vor mir und funkelte mich an wie Özge in ihren wildesten Zeiten.

»Ich kann keine Zuhörer gebrauchen!« Sagte er, lief einfach an mir vorbei und verschwand hinter Topraks Tür, wo ich ihn lautstark mit seinem Vater diskutieren hörte. Baby Ibo schrie, Özge versuchte, ihn zu beruhigen. Dann ging die Tür abermals auf und knallte zu, ein wutschnaubender Elyas stapfte an mir vorbei nach draußen.

Ich seufzte abermals. Irgendetwas kapierte ich hier nicht.

Manchmal ist die Situation wie verhext, aussichtslos, verworren, schmerzhaft. Dann willst du am liebsten flüchten, damit du dich nicht mehr damit auseinandersetzen musst. Den Kopf in den Sand stecken, damit du nicht mehr nachdenken musst. Dein Herz verschließen, damit du nicht mehr fühlen musst. Lass dir Zeit mit deinem Schmerz, halte ihn aus, denn er hilft dir, heil und gesund zu werden. Vielleicht bleibt eine Narbe. Nimm sie als ein Zeichen, als Trophäe, dass du es geschafft hast.

19

Je näher das Konzert und meine Verabredung mit Phil rückten, desto aufgeregter wurde ich. Weil es für Mitte Mai ungewöhnlich warm war, verbrachte ich so viel Zeit wie möglich auf dem Dach, um mich abzulenken. Längst hatte ich mich daran gewöhnt, mein Geheimversteck mit Pepper und der Nachbarkatze teilen zu müssen. Die beiden tauchten immer dann auf, wenn ich mich aus der Tür schlich, offensichtlich lagen sie auf der Lauer und warteten nur auf mich.

»Na, ihr, habt ihr nichts Besseres zu tun?« Peppers Küken waren längst flügge und aus dem Nest. Weil ich es selbst gerade nicht besonders gut mit Shark aushielt, wunderte es mich nicht, dass sie vor ihr flüchtete und lieber draußen herumflog als bei ihr in der Wohnung.

Statt einer Antwort kuschelte sich die Katze zu mir auf den Schoß, während Pepper begann, mir liebevoll die Haare durchzuknuspern. Schwierig, sich dabei auf die Noten und mein Repertoire zu konzentrieren.

»Wenigstens könntet ihr mal applaudieren«, meinte ich und legte noch mindestens drei Dezibel zu, um meine tierischen Freunde zu beeindrucken. Natürlich taten sie mir nicht den Gefallen. »Oder ihr sagt Shark Bescheid, damit sie ihren Superklatscher mitbringt!«, rief ich ihnen hinterher, als sie sich vom Dach trollten, es war wohl Futterzeit, denn wie auf Kommando pilgerten sie los. Ich blieb. Hunger verspürte ich keinen. Ich dachte pausenlos an Phil, das füllte mich aus.

Dafür aß Shark für mich mit. Von meinem Deckenlager aus beobachtete ich, wie sie sich in der Küche einen Burgerturm baute, fast so groß wie sie selbst, er wankte noch nicht einmal. Sie briet Patties, pulte Käsescheiben aus der Verpackung, schnippelte Gurken und Tomaten, quetschte Ketchup aus einer riesigen Flasche und stapelte alles abwechselnd zwischen wagenradgroße Brötchenscheiben. Zu meinem Erstaunen stellte sie sich anschließend auf einen Drehstuhl und fuhr dann knabbernd und kauend um den Monsterburger herum, bis alles bis auf den letzten Krümel verputzt war. In meinem Magen breitete sich ein wohliges Sättigungsgefühl aus, ich wurde allein vom Zugucken satt. Gemütlich lehnte ich mich zurück, schloss die Augen und döste weg.

Und dann war es endlich so weit! Fieberhaft bereitete ich mich auf den Abend vor, auf den ich seit Wochen hinfieberte. Oskar zeigte mir die Zwangsjacke, als ich mit Duftkerze, Bodyscrub und Pflegelotion im Badezimmer verschwand, um mich ausgiebig vorzubereiten. Ich hatte alles genau durchgeplant, mir eine Liste geschrieben und arbeitete mich jetzt minutiös durch, was ich mir aus so einer Mädchenzeitung abgeschaut hatte: rasierte mir Achseln und Beine, schrubbte meine Füße, ölte mir den Körper, balsamierte meine Haare ... mein gesamtes Taschengeld war beim letzten Drogeriebesuch draufgegangen und ich hörte insgeheim Sharks Ansage. »Was willst du mit all dem Quatsch?«, flüsterte sie pausenlos in mein Ohr, während ich mir die Wimpern tuschte und die fünf Pickel in meinem Gesicht abdeckte.

»Außen so schön sein wie von innen«, flüsterte ich zurück und betrachtete zufrieden mein Spiegelbild. Ich fand mich toll mit meinen glatten blonden Haaren. Sie standen weder wild in sämtliche Richtungen ab noch besaß ich eine karierte Strähne. Ich zog auch später keine bunt gemusterten Strümpfe an, selbst meine türkisfarbenen Regenstiefel ließ ich im Regal, sondern trug meine Normalojeans zu meinem Lieblingsshirt mit den Sneakers. Als ich zwei Stunden später vor dem Spiegel in meinem Zimmer stand und mich aufmerksam von oben bis unten musterte, schaute mir eine wunderschöne Linn entgegen. Ganz bestimmt würde sich Phil Knall auf Fall in mich verlieben ...

Zitronen-Vanille-Peeling

500 g Meersalz mit 250 ml Olivenöl verrühren, 3 Esslöffel Körperöl mit Vanilleduft, ausgekratztes Mark einer Vanilleschote und 2 Teelöffel abgeriebene Zitronenschale hinzufügen. Alles gut vermengen und in ein luftdicht verschließbares Glas füllen.

Vielleicht wäre der Abend ganz anders verlaufen, hätte Oskar nicht eine Bemerkung über mein Aussehen gemacht. Eigentlich war es ganz lieb gemeint, aber sie hatte dazu geführt, dass ich mich dann noch einmal komplett umzog.

»Hoffentlich erkennt er dich, wo doch heute alle gleich aussehen mit ihren langen, platten, glatten Haaren«, hatte Oskar gesagt. »Wenn ich mich mit einer treffen würde, ich würde sie glatt alle verwechseln und mit demselben Namen ansprechen.«

Ich hatte ihm dabei geholfen, in seine Spezialschuhe zu schlüpfen, die seine Knöchel stabilisierten und ihn zudem fünf Zentimeter größer machten. Es waren nicht die coolsten, das ließ das Material leider nicht zu.

»Hey, Minimacho, wie kommst du darauf?«, fragte ich und zog die Schnürsenkel zur Strafe für seine Bemerkung schön stramm.

»Weil ihr alle die gleichen Sneakers habt ... wenn ich die Wahl hätte, ich würde diese hier tragen!« Oskar hatte mit einem Wisch einen Link auf seinem Handy aufgerufen und zeigte mir ein paar coole Boots.

»Solche wünschst du dir?«, fragte ich und wuschelte ihm durchs Haar.

»Soll ich dir ein Geheimnis anvertrauen?« Oskar rückte mit dem Kopf ein Stück näher an mich heran. »Ich spare darauf! Bald kann ich mir die leisten!«

In diesem Moment gab es unten im Treppenhaus einen gigantischen *Rumms!* Erschrocken sprangen wir auf, um nachzuschauen, was da los war. Zu meinem Entsetzen sah ich den Pistorius in Begleitung von drei Polizisten, wie sie Topraks Tür aufstemmten. Konnten die denn nicht klingeln? Trotz aller Aufregung hallten Oskars Worte noch in meinen Ohren: Langweilig, hatte er gesagt. Und natürlich wollte ich auf Phil alles andere als langweilig wirken.

Also zog ich mich in Windeseile um. Wählte die Hotpants, ein enges Top dazu und den Blouson aus Fliegerseide, den mir Mama zum letzten Zeugnis spendiert hatte. Selbstredend schlüpfte ich in die türkisfarbenen Gummistiefel. So! In diesem Outfit würde mich garantiert niemand mit einem anderen Mädchen verwechseln! Auch nicht mit Shark. So sah nur ich aus. Ich, Linn Grüner!

Schnell huschte ich aus der Wohnung, zum Glück

stellte Oskar keine weiteren Fragen, sondern wünschte mir nur viel Spaß. Er selbst war bei einem Kumpel zum Geburtstagskegeln eingeladen. Immerhin war das ein Sport, bei dem er gut mithalten konnte, denn geschickt und konzentriert, wie mein kleiner Bruder nun mal war, traf er immer alle Neune.

Hinter Topraks Wohnungstür hörte ich aufgebrachte Stimmen. Die Polizisten diskutierten offensichtlich mit Elyas und seinem Vater, es ging um den Imam und die Gemeinde in der Moschee, wenn ich es richtig verstand. Am liebsten wäre ich stehen geblieben, um mehr über diesen Zwist zu erfahren, aber dann wäre ich zu spät zu meiner Verabredung gekommen. Ich wollte Phil auf keinen Fall enttäuschen! Und erst recht nicht wollte ich das Konzert versäumen.

Ein Blick auf die Uhr verriet mir, dass ich den Bus um fünf Minuten verpasst hatte. Mist, verdammt! Nur wegen Oskar. Halt, nein, falsch, korrigierte ich mich. Nicht wegen Oskar. Sondern wegen mir, weil ich mich noch mal umgezogen hatte, denn seine Bemerkung hatte mich verunsichert. Es stimmte ja, was er behauptete: Die meisten Mädchen sahen heutzutage alle gleich aus und trauten sich nichts eigenes. Und beinahe hätte ich den gleichen Fehler gemacht. Ein weiterer Blick und ich wusste, dass ich noch massenhaft Zeit hatte. Ich konnte also in aller Seelenruhe zu Fuß den Weg durch den Park nehmen und wäre immer noch pünktlich. Und vielleicht entspannter, weil ich beim Gehen vor mich hin singen und tönen konnte. Das hatte mir Annetta empfohlen: bei jeder Gelegenheit summen und singen. Das würde die Stimmbänder trainieren und geschmeidig halten.

Deswegen nahm ich auch nicht den direkten Weg am Springbrunnen vorbei, sondern einen kleinen Seitenabzweig, dicht bewachsen von Büschen und Bäumen. Hier war keine Menschenseele unterwegs, was mir nur recht war. So hatte ich meine Ruhe und konnte mein gesamtes Repertoire rauf- und runterschmettern, variierte *Every night in my dreams, I see you, I feel you* dank Annettas Hechel- und Halteübungen in allen möglichen Versionen. Ich war so in meinem Element und völlig in meinen Song versunken, dass ich nicht bemerkte, wie jemand hinter mir herlief. Erst als sich eine Hand auf meine Schulter legte, schreckte ich hoch. Es war Phil, der mich jetzt angrinste.

»Hey, so allein unterwegs«, meinte er und musterte mich von oben bis unten.

»Oh ... äh ... Hallo!«, stotterte ich und kam mir vor wie Oskar, der auch immer herumstammelte, wenn er verlegen war und nicht weiterwusste. Wie peinlich war das denn! Jetzt hatte Phil meine Tonleiterarien gehört. Ausgerechnet. Wo kam der denn her? Wir waren doch erst für später verabredet.

»Komm, ich begleite dich ein Stück ... Mädchen wie du sollten nicht alleine im Park herumspazieren.« Ehe ich protestieren konnte, hatte er mich an der Hand gefasst und mit sich gezogen.

Mein Herz machte einen Satz, meine Finger kribbelten zwischen seinen. Wie cool war das denn! Irgendwie so altmodisch ritterlich. Und sehr charmant und süß.

»Gehst du hier öfter spazieren?«, fragte ich, während wir in einen schmalen Kiesweg einbogen. »Wusste gar nicht, dass du so auf Natur stehst ...«

»Och, schon«, antwortete er und schlug einen Ast zur Seite, damit er mir nicht den Weg versperrte.

»Dann hätten wir uns ja auch schon hier treffen können«, meinte ich leichthin und versuchte, mich aus seinem Griff zu befreien, langsam begannen meine Finger zu schmerzen, so fest hatte er mich umfasst.

Abrupt blieb er vor mir stehen. »Echt jetzt?«, fragte er verwundert. »Wusste gar nicht, dass du ...«

»Hier ist es so wunderschön!«, unterbrach ich ihn und deutete auf eine entlegene Holzbank, die direkt an einem kleinen Tümpel stand. Im Frühjahr war ich oft mit Mama und Oskar hier entlangspaziert, um Kaulquappen zu fischen. Zu Hause hatten wir sie in ein Glas gesetzt und ihnen beim Wachsen zugeschaut, wie sie sich immer weiterentwickelten, Flossen, Schwanz, Kopf, bis sie schließlich fertige Fröschlein waren.

»Du bist auch schön.« Phil fuhr mit dem Zeigefinger am Saum meines T-Shirt-Ausschnitts entlang.

»D-D-Danke«, stotterte ich und spürte, wie ich rot anlief. »Aber vielleicht sollten wir jetzt lieber gehen, sonst kommen wir noch zu spät.«

»Wir haben Zeit«, meinte Phil. Er lächelte mich an und ich fühlte mich weich und wabbelig wie Froschlaich, spürte, wie meine Beine wegknicken wollten. »Komm, gehen wir noch ein Stück.« Mittlerweile hatte er wieder meine Handgelenke fest umschlungen und ehe ich mich versah, saßen wir auf der Bank. Genauer gesagt saß er und versuchte, mich auf seinen Schoß zu ziehen.

»Oh«, rutschte es mir raus und ich wusste nicht, ob ich das jetzt schön oder nicht schön finden sollte, ihm so nahe zu sein. Es fühlte sich irgendwie nicht richtig an.

»Hey, was soll das, lass das bitte ... Nein, stopp. Hör auf!« Ich wollte seine Hand festhalten, die sich unter mein Shirt geschoben hatte, aber er war schneller. Ich hatte fast keine Chance, ihn abzuwehren, geschweige denn aufzuspringen. Er hielt mich einfach fest. So hatte ich mir unser Date nicht vorgestellt. Verzweifelt versuchte ich, mich zu wehren.

»Komm schon, du willst es doch auch«, murmelte er in meine Haare. »Oder warum läufst du hier so rum? Du schaust doch auch die ganze Zeit so ...«

»... provozierend *geil* oder was?« Das war Sharks Stimme, die ich beinahe nicht wiedererkannt hätte, so laut und schrill klang sie plötzlich wie von überall. *Provokation, Provokation, Provokation* hallte es über die Lichtung.

Erschrocken nahm Phil seine Hände von mir, ich nutzte die Gelegenheit und sprang auf, brachte mich in Sicherheit. Suchend schaute ich mich um. Wo steckte Shark? Aber von meiner Freundin fehlte jeder Fitzel einer wilden Haarsträhne. Stattdessen schien Phil wie von tausend Nadeln auf der Bank festgetackert und rührte sich nicht vom Fleck.

»Spinnst du total?«, hörte ich Sharks Stimme weiter aus dem Off auf ihn einreden. »Du kannst Linn doch nicht einfach so angrapschen! Hast du sie um Erlaubnis gefragt?«

»Hat er nicht!«, traute ich mich zu rufen, sprungbereit.

»Pah, brauchte ich ja wohl auch nicht! So läuft doch kein vernünftiges Mädchen alleine im Park herum!«, rief Phil. Dabei ruckelte er unbehaglich auf der Bank hin und her, als hätte er Juckpulver im Kragen.

»Ach ja? Und welcher vernünftige Typ schleicht Mädchen hinterher? Du hast sie ja wohl nicht mehr alle.« Sharks Stimme klang bedrohlich.

Mit angehaltenem Atem verfolgte ich, was als Nächstes passierte. Mit einem Mal war es nämlich so: Phil konnte aufstehen, aber seine Klamotten blieben auf der Bank. Er selbst stand nur in Unterhose da, was aber auch schon sehr nackt wirkte, die war nämlich alt und schlabberig-ausgeleiert.

»Entschuldige dich!«

»Niemals!«

»Wie du willst.«

Plötzlich tanzte eine lustige Truppe Waschbären aus dem Dickicht hinaus und obwohl die Tierchen harmlos wirkten, bekam Phil es mit der Angst zu tun. Mit einem Satz rettete er sich in den Weiher, sprang aber sofort wieder heraus und tanzte hektisch von einem Bein aufs andere – lauter Frösche hüpften aus seiner Unterhose!

Shark lachte sich kringelig, die Waschbären liefen an mir vorbei und interessierten sich nicht für mich. Dabei hatte ich meine schönsten kurzen Hosen an, siehste Mama, dachte ich feixend. Liegt nicht an mir!

Phil hechtete zur Bank und wollte seine Jeans endlich wieder anziehen. Doch die war wie angeklebt, Shark hatte offensichtlich Sekundenkleber eingesetzt. Da lief er einfach davon. Shark und ich bekamen vor lauter Lachen kaum Luft – und klatschten ab.

Dunkel war's, der Mond schien helle,
schneebedeckt die grüne Flur,
als ein Wagen blitzesschnelle,
langsam um die Ecke fuhr.
Drinnen saßen stehend Leute,
schweigend ins Gespräch vertieft,
als ein totgeschoss'ner Hase
auf der Sandbank Schlittschuh lief.
Und ein blondgelockter Jüngling
mit kohlrabenschwarzem Haar
saß auf einer grünen Kiste,
die rot angestrichen war.
Neben ihm 'ne alte Schrulle,
zählte kaum erst sechzehn Jahr,
in der Hand 'ne Butterstulle,
die mit Schmalz bestrichen war.
Droben auf dem Apfelbaume,
der sehr süße Birnen trug,
hing des Frühlings letzte Pflaume
und an Nüssen noch genug.
Eine Kuh, die saß im Schwalbennest,
mit sieben jungen Ziegen,
die feierten ihr Jubelfest
und fingen an zu fliegen.
Der Esel zog Pantoffeln an,
ist übers Haus geflogen,
und wenn das nicht die Wahrheit ist,
so ist es doch gelogen.

(Autor unbekannt)

20

Weil Shark noch *irgendwas* zu erledigen hatte, von dem sie mir mal wieder nicht sagte, was es war, lief ich alleine nach Hause. In mir tobten die gemischtesten Gefühle: Einerseits musste ich immer noch bei der Erinnerung an den Anblick des mit den Fröschen um die Wette hüpfenden Phils lachen. Andererseits war ich froh, mit dem Schrecken noch mal davon gekommen zu sein. Wie blöd war ich denn gewesen?! Mich von Phil in die Tiefen des Parks ziehen zu lassen! Zum Glück war Shark rechtzeitig aufgetaucht und hatte ihm einen Strich durch die Rechnung gemacht. Garantiert würde er nie wieder ein Mädchen gegen ihren Willen betatschen. Je näher ich dem Möbiusweg kam, desto ruhiger wurde ich. Zum Glück war noch mal alles gut gegangen.

Doch dort erwartete mich die nächste Überraschung: Polizeiwagen parkten vor dem Haus, die Blaulichter blinkten um die Wette und eine Menschentraube hatte sich neugierig vor dem Eingang gebildet. Ein Schreck jagte mir in die Glieder. Oskar, war mein erster Gedanke, hoffentlich war ihm nichts passiert. Vor meinem geistigen Auge sah ich ihn mit verrenkten Gliedern auf dem Boden liegen, abgestürzt bei dem Versuch, sich die Schokokeksdose vom Küchenschrank zu angeln. Doch mein kleiner Bruder stand glücklicherweise heil und unversehrt vor der Absperrung. Ganz vorne in der ersten Reihe, versteht sich.

»Was ist los? Bist du okay?«, rief ich und drängelte mich an den Schaulustigen vorbei.

»Alles gut, mir ist nichts passiert!« Oskar schälte sich aus meiner schwesterlichen Umarmung, es war ihm sichtbar peinlich, hier vor allen Menschen abgeknutscht zu werden.

Eine Polizistin führte jetzt Herrn Toprak ab, der Pistorius hatte den kleinen Ibo auf dem Arm. Elyas stützte seine Mutter und schaute seinem Vater fassungslos hinterher. Özge tigerte vor dem Haus auf und ab, die Hände zu Fäusten geballt. Am liebsten wäre sie sämtlichen Gaffern an die Gurgel gegangen. Ich spürte ihre unbändige Wut bis hierher.

»Kannst du mir das erklären?«, fragte ich und ignorierte Oma Hilde, die schnaufend hinter mir stand und meckerte, dass ich ihr die Sicht versperren würde.

»Das ist viel komplizierter als schwarze Löcher!« Oskar verzog das Gesicht, als müsste er genau überlegen, wie er seiner tiefbegabten Schwester die Angelegenheit am besten erklären könnte. »Angeblich hat der Toprak einen Islamisten versteckt. Bei uns im Keller. Stell dir vor!«

Ich musste an Elyas denken und kapierte überhaupt nichts mehr.

»Und wer hat ihn entdeckt?«

»Elyas.«

»Hä?« Ich mochte nicht glauben, dass Elyas seinen eigenen Vater verpfiffen hatte.

»Erinnerst du dich an die Terriergeschichte?«

»Klar, wie könnte ich das so schnell vergessen!« Mein Bein schmerzte bei bestimmten Bewegungen immer noch. Bis heute zucke ich bei jedem Hundegekläffe zusammen.

»Damit war eigentlich Elyas gemeint ...«

»Muss ich das verstehen?«

»Also, es ist wohl so ...« Oskar setzte seine wichtigste Miene auf, zog mich ein Stück zur Seite, damit Oma Hilde nicht mehr hörte, als für ihre Ohren bestimmt war. Dann erklärte er mir Satz für Satz, dass sowohl Elyas als auch sein Vater völlig unschuldig in eine unglaubliche Intrige geraten waren, die so kompliziert gestrickt war, dass ich am Ende nur Bahnhof verstand. Was im Grunde auch egal war, denn das Einzige, was zählte, war, dass Elyas unschuldig war und nur das Beste für seine Familie wollte. Mein Herz drehte vor Erleichterung einen Salto. Der Pistorius im Übrigen auch, der immer wieder die ausländerfeindlichen Schmierereien entfernt hatte. Nicht umsonst hatte er ständig auf der Lauer gelegen und schließlich die Gruppe junger Männer und Frauen auf frischer Tat ertappt, wie sie die Häuserwand ansprühten.

Also hatte er die Polizei gerufen. Und den *Nazischwei-*

nen, wie er sich wohl ausgedrückt hatte, das Handwerk zu legen.

»Und woher weißt du das alles?« Mit einer Mischung aus Bewunderung und Fassungslosigkeit hatte ich Oskar zugehört.

»Elyas ist doch mein Freund!«

»Seit wann das denn?« Meines Wissens war Elyas noch nie bei uns oben in der Wohnung gewesen. Andererseits freute es mich für Oskar, er hatte ja nicht viele Freunde. Und Elyas ... war einfach nett.

»Och ... wir treffen uns ab und zu auf dem Weg zum Bus, schließlich wohnen wir im selben Haus«, schob Oskar eilig hinterher. »Und da hat er mir alles erzählt.«

Wie mein kleiner Bruder das sagte, bedurfte es keiner weiteren Erklärung. Klar. Sie waren ziemlich beste Freunde. Und seinem besten Freund erzählte man alles.

Unwillkürlich musste ich an Shark denken, über sie wusste ich ja auch fast alles. Ich vertraute ihr und fühlte mich ihr nah. Und oft hatte ich großes Mitgefühl mit ihr, weil sie auf mich unglaublich einsam und alleine wirkte. Ihre Eltern waren bei einem schrecklichen Autounfall gestorben – ich wusste, wie es sich anfühlte, Papa war ja auch auf so tragische Weise aus dem Leben gerissen worden und wir von heute auf morgen alleine. Und ihr Bruder weit weg, irgendwo, ohne einen Pieps. Shark wusste noch nicht einmal, ob es ihm gut ging. Manchmal wusste ich nicht, ob ich Shark um ihre Freiheit – alleine in der Wohnung! kommen und gehen, wie es ihr gerade passte! – beneiden sollte oder nicht. Aber wenn ich dann gemeinsam mit Mama und Oskar beim Abendbrottisch saß und wir uns gegenseitig von unserem Tag erzählten, war ich froh, dass ich meine kleine Familie hatte. Konnte sein, dass eines Tages Ole für immer dazugehören würde. Und vielleicht auch Shark.

Das Aufheulen der Polizeisirenen riss mich aus meinen Gedanken, das Auto bahnte sich seinen Weg durch die gaffende Menge. Herr Toprak saß mit gesenktem Kopf darin.

»Er hat sicher nichts Unrechtes getan«, murmelte ich, um Oskar zu beruhigen. Meine Stimme klang belegt, es war kaum ein Krächzen. »Ganz bestimmt klärt sich das alles ganz schnell auf.« Ich hatte meinen Arm um Oskar gelegt, der sich an mich schmiegte. Tröstend drückte ich ihm kleine Küsschen ins Haar, atmete den typischen Oskar-Duft ein, eine Mischung aus Lavendel und Arnikatinktur. Sein kleiner Körper zuckte, auch ich musste mit den Tränen kämpfen. Ich schluckte.

Langsam leerte sich der Platz vor unserem Haus, die Menschen verteilten sich in alle Richtungen. Özge trug mittlerweile Ibo auf dem Arm und verschwand gerade mit ihm im Haus, denn der Pistorius war damit beschäftigt, sich mit energischen Worten die Kamerateams und Journalisten vom Hals zu schaffen. Nur Elyas stand immer noch stumm und steif mit seiner Mutter im Hauseingang. Als könne er immer noch nicht fassen, was sich hier gerade zugetragen hatte.

Da trafen sich unsere Blicke. Ich schaute Elyas an und Elyas schaute mich an. Und auch wenn zwischen uns beiden meterweise Absperrband gepasst hätte, waren wir uns in diesem Moment ganz nah und ich verstand ganz genau, was er mir sagen wollte. Wir lächelten uns an.

Das Glück ist wie ein Omnibus, auf den man lange warten muss. Und kommt er endlich angewetzt, dann steht ein Schildchen dran: Besetzt.

Endlich wieder oben in der Sicherheit unserer Wohnung, fischte ich die Schachtel mit Phils Briefen unter meinem Bett hervor. Ich konnte nicht glauben, dass Phil einerseits solche Briefe schrieb und sich andererseits vorhin im Park wie ein Monster verhalten hatte. Wieder und wieder studierte ich die Zeilen. Es war immer dieselbe Schrift, dieselbe Sorte Papier, wenn auch in unterschiedlichen Farben. Und ... ich schnüffelte am Umschlag. Lavendelduft. Kackgrün. Flamingorosa. *Er ist mein Freund ... und hat mir alles erzählt.*

»Oh, ich Hirni!«, rutschte es mir heraus. Ich schlug mir so heftig gegen die Stirn, dass ich Sternchen sah. Wie konnte ich nur so vernagelt sein!

Du bist auch nicht besser als die anderen Mädchen, Linn Grüner, schimpfte ich mich und sortierte hastig die

Briefe wieder zurück. Da hatte ich mich glatt blenden lassen und war vor lauter Verliebtheitsgefühlen meinem Bruder auf den Leim gegangen. Hatte sämtliche Puzzleteile so zusammengesetzt, dass sie in *meine* Story passten. Mir die Welt zurechtgebastelt, dass sie meinen eigenen Wunschvorstellungen entsprach. Es ging die ganze Zeit überhaupt nie um Phil! Die Briefe »stammten« von jemand ganz anderem, der schon lange in mich verliebt war, seit der Sandkiste schon. Vor lauter Aufregung über diese Erkenntnis bekam ich Schluckauf, mein Bauchnabel kitzelte wie verrückt. Ich spürte, wie mein Mund von links nach rechts immer breiter und breiter wurde, ich musste strahlen wie eine Lichtorgel. Hatte ich ein Glück!

Doch beinahe wäre alles schiefgegangen, hätte mich nicht Shark gerade noch gerettet. Beim Gedanken an meine Freundin schreckte ich abermals auf, mein Lächeln erstarb. Wo war sie eigentlich? Vorhin im Park war sie unübersehbar gewesen. Wir waren gemeinsam noch das erste Stück im Gleichschritt zurückgerannt. Ich, weil ich wirklich Schiss vor Phil bekommen hatte. Und sie, weil sie nicht von meiner Seite wich. Aber irgendwann auf der Strecke hatten wir uns aus den Augen verloren ...

Ohne weiter darüber nachzudenken, huschte ich aus der Wohnung. Mama war mittlerweile zurück und hatte sich mit Oskar aufs Sofa verzogen, wo sie gemeinsam seine Lieblingsdoku über schwarze Löcher schauten. Sie würden mich also nicht vermissen.

Natürlich war Shark nicht da. Pepper saß auf der Diskokugel und hatte ihren Spaß mit den glitzernden Scheiben, konnte mir aber natürlich auch nicht sagen, wo meine beste Freundin steckte. Auf dem Dach war sie auch nicht, weder im Keller noch im Hinterhof, mal wieder fehlte von ihr jede Spur, typisch. Aber diesmal musste ich sie unbedingt finden! Wie von unsichtbaren Fäden gezogen, lief ich los. Abermals zurück in den Park, obwohl mich eine innere Stimme davor warnte. Aber diesmal passte ich auf, diesmal blieb ich auf dem Weg und mitten unter den vielen, vielen Menschen, die bei dem schönen Wetter unterwegs waren. Suchend ließ ich meinen Blick über die Anlage gleiten, Spielplatz, Grillhütte, Liegewiese, buntes Treiben überall. Aber keine Shark. Ich rannte weiter, ließ meine Blicke suchend umhergleiten.

Und dann sah ich sie. Shark saß im Springbrunnen und ließ die Korken knallen. Um sie herum standen lauter Limoflaschen, es sprudelte und gurgelte und bizzelte – die ganze Luft surrte und schmeckte süß nach Zitrone.

»Hey, komm!«, winkte sie mich zu sich und ehe ich mich versah, saß ich neben ihr am Beckenrand.

»Was gibt's zu feiern?«, fragte ich sie und dachte wohl zum millionsten Mal, dass meine Freundin einen echten Knall hatte, eine Vollmeise, einen Superadler – bevor ich mich an sie kuschelte.

»Alles!«, rief sie übermütig.

Eine Weile saßen wir schweigend nebeneinander und

guckten den tosenden Fontänen zu. Ich fühlte mich einfach nur froh glücklich, in meinem Bauch bizzelte und gurgelte es vor Glück, als hätte ich einen Sack Brausepulver verschluckt. Vergessen waren die Schrecksekunden im Park. Und das Drama vor unserer Haustür.

»Du hast mich vor Phil gerettet«, sagte ich leise. Da hatte sich der Park längst geleert und auch das Wasser gurgelte weniger laut. »Das werde ich dir nie vergessen. Ausgerechnet er, in den alle Mädchen verliebt sind.«

»Und der mich so an Maverick erinnert ...«, fügte Shark ebenso leise hinzu. »Aber dann hat er einen entscheidenden Fehler gemacht und daran habe ich ihn erkannt.«

Ich schaute sie fragend an.

»Maverick hätte sich niemals mit Pia, Vanessa, Leonie und Michelle getroffen und das auch noch in seiner Insta-Story geteilt«, sagte sie. »So einfach ist das.«

»Aber *du* hast dich mit ihm getroffen ...«

»Ich? Nein, wie kommst du darauf?«

»Ich dachte ... Pia hat so eine Bemerkung fallen lassen.«

»Deswegen.« Shark nickte. »Hättest mich ja mal fragen können, anstatt dir falsche Geschichten auszudenken. Ist doch sonst mein Job, oder?«

»Sorry.« Ich stupste sie in die Seite. »Kannst du mir noch einmal verzeihen?«

»Weil du's bist.« Shark knuffte zurück.

Im Hinterhof schwirrte es wie in einem übervollen Bienenstock. Ich hatte überhaupt nicht gewusst, dass hier so viele Menschen Platz hatten, aber der Pistorius hatte an diesem Abend sämtliche Hausbewohner zum Feiern eingeladen – jetzt, wo sich die Sache mit den ausländerfeindlichen Sprüchen endlich aufgeklärt hatte. Auf dem Grill brutzelten Würstchen und Gemüsespieße, in den Bäumen hingen bunte Lampions und Fischegirlanden. Wahrscheinlich hatte Shark ein bisschen nachgeholfen, dachte ich bei mir, als ich auf dem Büfett den Schokoladenspringbrunnen und den Himmel mit den Melonensternen bemerkte. Alle hatten allerbeste Laune und unterhielten sich glänzend, selbst Pepper, die sich mit einer Rolle Alufolie angefreundet hatte.

Oma Hilde saß neben Ole, der ihr beflissen die Schachtel mit den Cognackirschen hielt, und schien nie wieder aus ihrem gemütlichen Korbstuhl aufstehen zu wollen. Mama schäkerte mit Baby Ibo, der bei Herrn Toprak auf dem Schoß saß. Die Aktion neulich hatte ihm Gott sei Dank die Augen geöffnet und er hatte sich reumütig und tief betroffen bei uns allen für sein Verhalten entschuldigt, vor allem bei seiner Frau und seiner Familie.

Özge spielte mit Oskar Vier gewinnt, wobei sie zu seinem Missmut ständig gewann. Frau Müller war alleine gekommen, hatte wortreich ihren Mann und Ildikó entschuldigt, schien sich aber sehr wohlzufühlen, zumal sie mit Frau Toprak ein angeregtes Gespräch über die Zubereitung von Baklava führte. Familie Krämer war angeblich auch dabei, aber ich bemerkte sie nicht. Shark unterhielt sich angeregt mit Elyas. Ich spürte einen leichten Eifersuchtsstich. Phil war Geschichte, mussten wir uns jetzt etwa wegen Elyas in die Wolle kriegen? Doch wie dieser jetzt lachte und dabei zu mir herübersah, vergaß ich meine Gewitterwolken im Bauch. Stattdessen grinste ich breit zurück, schnappte mir ein Würstchen vom Grill und quetschte mich einfach neben die beiden. Elyas rückte nur ein bisschen zur Seite, damit ich mich ganz dicht neben ihn setzen musste. Ich lächelte und ließ ihn zur Strafe von meinem Würstchen abbeißen. Dabei kamen sich unsere Gesichter so nah, dass sich unsere Wimpern beinahe berührten.

»Danke für deine schönen Briefe«, flüsterte ich und nickte grinsend mit dem Kopf leicht Richtung Oskar. Elyas wurde so rot wie das Ketchup auf dem Teller. Doch ich nahm meinen gesamten Mut zusammen und fügte hinzu: »Ich ... ich habe mich sehr darüber gefreut. Aber wenn du magst, reden wir ab sofort lieber live und in Farbe.«

»Ob ich mag?!« Elyas drückte mir einen Kuss auf die Wange und ich fand's noch nicht mal doof. Im Gegenteil. Wenn es so etwas wie Glücksbombenexplosionen gibt, dann fühlte ich gerade so eine. Elyas machte einen Luftsprung und wirbelte mich herum. Die Umstehenden applaudierten, allen voran Oskar.

Irgendwann, da dämmerte es schon, flackerte im Garten ein Lagerfeuer. Ich schaute zu Shark, die mir leise zulächelte, zu Mama, die Seite an Seite mit Ole dasaß, und zu Oskar, der sich an Özge gekuschelt hatte. Elyas hatte seine Gitarre geholt und fing an zu spielen. In meinen Ohren fremd und doch wunderschön klingende Musik, die allen direkt ins Herz strömte, eine friedliche Stille und Ruhe breitete sich aus. Da öffnete sich wie von selbst mein Mund und ich sang mit, gülümse, come on and smile … Lächele einfach die Wolken weg! Und das tat ich. Auch wenn es ringsum längst dunkel geworden war, leuchteten mir hell und warm Sharks Freundinnenaugen entgegen. Nichts im Leben würde uns jemals wieder streiten lassen. Denn mit einem Freund wie Elyas an meiner Seite war das Leben wunderbar. Aber mit einer besten Freundin wie Shark war es wilder.

Interview mit Ilona Einwohlt

Wild & Wunderbar.
Zwei Freundinnen gegen den
Rest der Welt.
Arena Verlag, Würzburg 2018

Wir machen uns die Welt,
wie sie uns gefällt!

Linn braucht dringend eine beste Freundin, so viel ist klar. Denn allein hat sie keine Chance gegen die Mädchenclique an ihrer Schule, deren Lieblingsopfer sie ist. Als Shark alias Sophie Hyazinth Amanda Ricarda Kornelius in der Wohnung unter ihr einzieht, scheint Linns Traum in Erfüllung zu gehen. Denn die Neue sieht obercool aus mit ihren bunten Leggings und ist nie um einen frechen Spruch verlegen. So eine ärgert niemand! Aber wie soll Linn es anstellen, dass Shark sie bemerkt? Sie, die sich nicht mal traut, ihr geheimes Hobby auszuleben? Doch dann findet Linn heraus, dass auch Shark ein großes Geheimnis hat. Vielleicht können die beiden doch noch Freundinnen werden ... Frei nach dem Motto: Du hast keine Ahnung, was alles in dir steckt!

Warum geht es in deinem neuen Roman schon wieder um Mädchen? Und warum schon wieder Freundinnen?!
Weil meine Leserinnen auf Nachschub warten ... Nein, im Ernst: Ich finde ja, dass Mädchen nicht stark und

selbstbewusst genug sein können und dass es in Sachen Emanzipation und Feminismus noch einiges zu tun gibt. Deswegen kam Linn zu mir: Linn wirkt auf den ersten Blick unglaublich schüchtern, eine nerdige Außenseiterin in der Klasse, unbeliebt wie ihre Mutter, eine Physiklehrerin. Dabei ist Linn eine eigensinnige Persönlichkeit und ganz schön stark, sie ist sich dessen nur noch nicht bewusst. Erst als Shark bei ihr im Haus einzieht und die beiden unterschiedlichen Mädchen Freundschaft schließen und sich verbünden, entdeckt sie, was alles in ihr steckt. Ich glaube daran, dass jeder von uns ein Gegenüber braucht, der das Beste aus dir herauskitzelt. Und wer, wenn nicht jemand, der so tickt wie du, nur anders, ist dafür bestens geeignet?

Wie kamst du auf die Idee zu diesem Buch?
Ich bin ja mit Pippi Langstrumpf aufgewachsen. Und irgendwann habe ich mich gefragt: Was wäre denn, wenn Pippi heute so um die 14 Jahre alt wäre? Welche Eigenschaften hätte sie? Welche Streiche würde sie spielen? Und wie sehen Grenzüberschreitungen heute aus? Daraus ist dann Shark entstanden. Zugegeben, nicht sonderlich originell, aber auch logisch, dass jemand wie ich dieses Gedankenspiel spielt, vor allem, wenn er Mädchenbücher schreibt.

Um welche Grenzüberschreitungen geht es denn?
Es gibt innere wie äußere. Zum einen wächst Linn an der Seite von Shark über sich hinaus, wird von ihr also so-

zusagen wachgekitzelt und entdeckt ihre persönlichen Stärken, wird selbst aktiv und setzt sich mit ihrer strengen Mutter auseinander. Auf dem Dach balancieren oder Aktentaschen vertauschen ist da noch die kleinste Aktion. Linn schafft es tatsächlich, sich gegen die Mädchenclique zu wehren, in dem sie ihnen zu denken gibt und sie mit ihren eigenen Grenzen konfrontiert.

Wer ist deine Lieblingsfigur?
Oskar! Das ist der kleine Bruder von Linn, durch eine schlimme Krankheit kleinwüchsig geworden, aber absolut der Hellste und Beste. Er ist für mich der heimliche Held dieser Geschichte, unglaublich charmant und liebenswert, weil er auf seine Schwester aufpasst und sie nicht im Stich lässt.

Beschreibe eine typische Shark-Aktion!
Shark fällt natürlich äußerlich durch ihre verrückten Leggings und Outfits auf. Aber sie sorgt für Gerechtigkeit und Spaß, zum Beispiel verteilt sie Pausenbrote an Obdachlose oder tanzt mit den Menschen im Park im Springbrunnen. Oder sie klemmt sich Zitronenkuchen zwischen die Fußzehen, um eine ausgebüxte Elster zu fangen ... Manchmal ist sie auch ganz einsam, dann backt sie Trostkuchen oder faltet Origamifische. Die Anleitungen dazu stehen übrigens im Buch.

Im Roman gibt es auch noch weitere, kleinere Texte. Was hat es damit auf sich?
Hierbei handelt es sich um kleine Gedichte, Gedankenschnipsel, Briefe oder wie gesagt Rezepte, die über die eigentliche Geschichte hinausweisen und den Inhalt erweitern. Und es ist nicht ganz klar, wer sie schreibt: Shark, Linn, Oskar ...

Ilona Einwohlt

Wild und Wunderbar

Zwei Freundinnen gegen den Rest der Welt (Bd. 1)

Als Shark alias Sophie Hyazinth Amanda Ricarda Kornelius in der Wohnung unter ihr einzieht, steht Linns Welt Kopf. Denn die Neue sieht obercool aus und ist nie um einen frechen Spruch verlegen. Schon immer hat Linn sich eine Freundin gewünscht, die so selbstbewusst ist wie Shark. Nur wie soll sie es anstellen, dass die beiden Freundinnen werden? Sie, die schüchterne Linn, die täglich von der Mobbing-Clique drangsaliert wird? Doch Linn weiß noch nicht, dass auch Shark dringend eine Freundin braucht …

Arena

Auch als E-Book erhältlich

240 Seiten • Kartoniert
ISBN 978-3-401-51209-9
www.arena-verlag.de

Ilona Einwohlt

Wild und Wunderbar

Freundinnen sind die besseren Schwestern (Bd. 3)

Linn und Shark sind als beste Freundinnen unzertrennbar. Doch kurz vor den Sommerferien herrscht bei Linn zuhause Familien-Patchwork-Chaos und Linn weiß nicht mehr, wo ihr der Kopf steht. Shark dagegen hat Angst, dass in Linns Leben kein Platz mehr für sie ist. Kurzerhand nehmen die beiden Freundinnen Reißaus – und ein wilder, wunderbarer Roadtrip in die Berge beginnt!

Arena

Auch als E-Book erhältlich

240 Seiten • Gebunden
ISBN 978-3-401-60511-1
www.arena-verlag.de

Ilona Einwohlt

Erdbeersommer

978-3-401-51114-6

Erdbeersommer

Erdbeerwettessen mit Kumpel Finn, Tagträumen mit ihrer besten Freundin Mareike und lange Ausritte auf dem Schimmel Hauke – Liv freut sich riesig auf die Ferien an der Nordsee! Auf dem Pferdehof kann der Sommer nur perfekt werden. Als sie dann auch noch Jan kennenlernt, schlägt nicht nur ihr Pferdeherz höher. Doch Jan scheint ein Geheimnis zu haben, über das niemand im Ort reden will …

978-3-401-51115-3

Unterm Sternenhimmel

Der Sommer beginnt mit einer Katastrophe: Eine schwere Sturmflut wütet an der Nordsee und stürzt Livs Ferienparadies ins Chaos. Der Friesenhof ist zerstört und Onkel Piet beschließt in seiner Not, Livs geliebtes Pferd Hauke zu verkaufen. Kurzerhand entführt sie ihren Schimmel und haut von zu Hause ab – zusammen mit Kumpel Finn. Zu zweit starten sie in ein unvergessliches Sommerabenteuer.

978-3-401-60315-5

Galopp in die Freiheit

Nach einem schweren Unfall ist Hauke völlig verstört und Liv erkennt ihren geliebten Schimmelhengst kaum wieder. Nur den feinfühligen Torge lässt er noch an sich ran. Liv hat das Gefühl, dass der junge Tiermedizin-Student nicht nur ihr Pferd, sondern auch sie selbst besonders gut versteht. In ihrer Sorge um Hauke kommen sich die beiden näher. Doch Torge trägt ein Geheimnis in sich …

Arena

Alle Bücher auch als
E-Book erhältlich
www.arena-verlag.de